Hermann Lingg

Gedichte

Dritter Band

Hermann Lingg

Gedichte
Dritter Band

ISBN/EAN: 9783743651920

Hergestellt in Europa, USA, Kanada, Australien, Japan

Cover: Foto ©Andreas Hilbeck / pixelio.de

Weitere Bücher finden Sie auf **www.hansebooks.com**

Gedichte

von

Hermann Lingg.

Dritter Band.

Stuttgart.

Verlag der J. G. Cotta'schen Buchhandlung.

1870.

Buchdruckerei der J. G. Cotta'schen Buchhandlung in Stuttgart.

Inhalt.

I. Buch der Jahre.

II. Buch der Liebe.

IV. Sonette.

V. Die Mosel.

I.

Buch der Jahre.

Widmung.

Seit ich euch, o schöne Sterne!
Meines Strebens Bahn vertraut,
Jahre sind dahin, und ferne
Meine Lieben und ergraut.

Und gebrochen sind die Herzen,
Und der Gräber wurden mehr;
Ihr nur, schöne Trauerkerzen,
Leuchtet noch wie damals her!

Prometheus.

Als das Brautnachtlied mit des Nereus Tochter
Peleus sang, unsterbliche Götter sprangen
Auf des dunklen Pelion Höh'n in Waldnacht
      Reigen und Chortanz,

Da zur Hochzeit gaben Geschenke: Chiron
Und Poseidon; Speere der Bergcentauer,
Aus der Fluth zwei schäumende Wellenrosse
      Sandte der Meergott.

Ausgesöhnt ja war mit dem Himmel wieder
Nach so langem Kampf der Titanen Trotz, auch
Dir war jetzt gekommen, Prometheus! deiner
      Leiden Vollendung. —

Nach der tausendjährigen Qual, der Fess'lung
An des Felsens Ring, und des Geiers Nagen,
Nach dem finstern Hohn der Gewalt, der blindlings
      Strafenden Willkür.

Deine Menschen, herrlicher Dulder! sahst du,
Sie, für die du alles gelitten, sahst sie
Frei und glücklich, stolz im Besitz des Feuers,
    Deines Geschenkes!

Sah'st sie aufgerichteten Angesichts, kühn
Trotz den Donnern bieten, und Trotz dem Meersturm,
Gegen Krankheit, gegen den Tod sich waffnend,
    Alles ergründend. —

Wie nun Thetis barg ihr erglühend Antlitz
An des Gatten mächtiger Brust, da flammten
Auf den Höh'n die Feuer, und ringsum jauchzten
    Reigen und Chortanz.

Gesang aus den Nilgräbern.

Fest ruhet der Grund und gedämmt ist die Fluth,
Die bestimmende Hand des Erschaffenden ruht;
Als das richtende Maaß, in die Mitte der Welt
Ist der sterbliche Mensch als ihr Herrscher gestellt,
Der ein Schatten und Traum; er beseelt und weiht
   Und verewigt die Zeit,
Und erfüllt sie mit dauerndem Inhalt. —

Wir bewegten den Berg nach der Eb'ne herab,
Wir erbauten den Raum für des Pharao Grab,
Den gewaltigen Bau, der zum Himmel sich hebt,
Mit den Sternen den Ruhm des Gestorb'nen verwebt.
Das erhabene Werk, das Gewölbe gelang,
   Unablässig schwang
Die Geißel der eherne Frohnvogt.

Im Todesgemach liegt der Pharao nun,
Noch im Königsgewand, und er scheint nur zu ruh'n,

Mit dem Ibis allein und der heiligen Kuh,
Und es rauscht ihm der Nil von der Ferne noch zu;
     Doch er hört es nicht,
Er erblickt nicht den Tag, nicht das himmlische Licht,
Ihn umfängt unbezwingliche Grabnacht.

Homer.

Becherklang zum Flötenschalle
Jubelt in die stille Nacht hinaus
Vor des Sängers sonst so stillem Haus,
Seine Söhne, Brüder, Schwäger alle
Halten festlich einen frohen Schmaus.

Und sie theilen schon mit Streiten
Unter sich voraus das kleine Gut,
Doch der Alte vor der Schwelle ruht,
Nur den treuen Hund an seiner Seite,
Und es rauscht um ihn die Meeresfluth.

All die göttlichen Gestalten
Seiner Dichtung tauchen vor ihm auf;
Während über Antheil und Verkauf
Die im Hause drinnen schmäh'n und schalten,
Steigt um ihn der Sterne goldner Lauf.

Thetis schwebt im Silberschleier,
Hektor schreitet und Achill einher,
Und Odysseus auf der Wiederkehr;
Lächelnd zu dem wilden Lärm der Freier
Hört im Fluthgebraus sein Lied Homer.

Helena.

In Menelaos goldnem Saale
Saß Nestors Sohn und Telemach,
Sie freuten sich mit ihm beim Mahle,
Doch als er von Odysseus sprach,
Barg in des Mantels Purpurhülle
Der Jüngling rasch sein Angesicht
Und seiner Thränen dunkle Fülle —
Nur Helenen entging es nicht.

Sie kam gleich Artemis geschritten
Vom duftenden Gemach hervor,
Ihr stellte an der Tafel Mitten
Den Stuhl der Dienerinnen Chor,
Den Teppich brachten sie, den weichen,
Und eilten, ihrer Königin
Den Korb von Silber darzureichen,
Die Spindel und das Garn darin.

Und so zu Menelaos wandte
Die Gattin sich von ihrem Thron:

Wenn ich den Gast dort recht erkannte,
So ist er des Odysseus Sohn.
Er sieht — ich mußt' ihn längst betrachten —
Sprach Menelaos, ganz ihm gleich,
Und als des Helden wir gedachten,
Ward auch sein Herz von Thränen weich.

„Es ist so!" rief der Nestoride,
„Dem bei der Herzenssaite Ton
Die Thräne bebt am Augenlide,
Er ist es, des Odysseus Sohn,
Des vielerfahr'nen, reich an Ehren,
Dem ach! noch fern' in wilder Fluth
Der Heimkehr Tag die Götter wehren,
Der schon vielleicht im Meere ruht!"

„O welche Stunde, reich gesegnet,"
Rief Menelaos, „bringst du mit,
Da mir des Mannes Sohn begegnet,
Der viel für mich erlitt und stritt;
Wie wär' er selbst erst mir willkommen!
Ich räumte eine Stadt ihm ein,
So sollt' er bei mir aufgenommen
Bis an sein Lebensende sein!"

Er sprach es, und in Aller Herzen
Drang Kümmerniß und tiefer Gram,

Daß ein Erinnern aller Schmerzen
Die großen Seelen überkam.
Doch Helena stund auf, und mischte
Ein Zaubermittel in den Wein,
Das vom Gedächtniß weg verwischte
Jedweden Kummer, jede Pein.

Und alle Haß- und Zorngedanken,
Des Unglücks Macht, der Feinde Hohn
Vergaßen, die den Zauber tranken,
Nur Helena trank nicht davon.
Ihr Blick sah nach des Thores Schwelle,
Sie starrte traumhaft vor sich aus,
Ihr war, als leuchte Fackelhelle,
Ein schöner Jüngling trat ins Haus.

Er war's, der zärtliche Verbrecher,
Er schwebte lächelnd auf sie zu,
Doch Menelaos hob den Becher:
Trink' Helena, vergiß auch du!
Sieh', schmerzlich winkend schwand der Schatten,
Und wies auf ein noch blutig Erz,
Es traf ihr Blick den Blick des Gatten,
Und Todesfrost durchfror ihr Herz.

Scolie.

Ja perlte nur immer der purpurne Schaum,
Und glänzte der fröhliche Falter,
Dann wogte mein Leben, ein lieblicher Traum —
Nicht Mühe, nicht Sorge, nicht Alter;
Nur Becher und Blumen! Im funkelnden Saal
Bekränzt und in Tänzen zu fliegen,
Auf silbernen Wellen beim Vollmondstrahl
In schaukelnder Gondel zu wiegen!

O herrschte nur immer, was ewig und wahr,
Allmächtig in all meinem Streben!
Mit Blüthen bei Früchten, ein tropisches Jahr,
So lächle dann immer mein Leben!
Nur Sonnen und Geister! Von Stürmen umdroht,
Für Heilig und Hohes zu streiten,
Ein herrliches Ringen, ein leuchtender Tod
Und Ruhm für undenkliche Zeiten.

————

Stufen.

Das Jahr hat seine Stufen
Und Stufen hat das Erz,
Es ringe, wer berufen
Zum Ziel durch Kampf und Schmerz!

Auf Stufen nur geleiten
Die Götter uns zum Sieg,
Und nicht gelangt zur zweiten,
Wer nicht zur ersten stieg.

Wohl! Wen zur höchsten frühe
Der Genius hob im Flug,
Weh dem, den Andrer Mühe
Auch nur auf eine trug!

Zu sanfte wünsch' ich keine,
Auf Engelsflügeln nicht,
Viel lieber über Steine
Führ' mich der Pfad der Pflicht.

Nur was die Jahre bringen,
Ist reife Frucht, ist hold
Und herrliches Gelingen,
Und ächter Freude Gold.

Nur über Stufen leiten
Zu Wahrheit, Freiheit, Recht
Die Genien der Zeiten
Das menschliche Geschlecht.

Lied an die Armen.

Ihr Armen mit dem dürren Stab,
Der nimmer grünt und blühet,
Ihr geht die Erde aus und ab,
Verzehrt und abgemühet,
Ihr hoffet keinen Sonnenschein
Und fürchtet keinen Regen;
Gedeiht das Korn, geräth der Wein,
Für euch ist's doch kein Segen.
Das Jahr sei noch so früchtereich,
Bleibt euer Elend doch sich gleich.

Wann esset ihr euch satt an Brod?
Ja, wenn die Steine blühen! —
Ihr säet Müh' und erntet Noth,
Und euer Feld sind Mühen.
Mit Distel, Dorn und Hagebutt
Blüht' euer Garten immer,
Und euer Weinberg steht auf Schutt,
Und euer Gold ist Glimmer;
Mit Wolken deckt die Nacht euch zu,
Und Staub und Thau sind eure Schuh'.

Ihr ließet gern beim Festgelag
Vom Stuhl den Schwelger gleiten;
Ihr wollet nichts, als Tag für Tag
Ein Leben euch erstreiten.
Der Marder hat sein sichres Haus,
Der Hamster hat sein Essen;
Nur euch verfolgt und stößt man aus,
Nur ihr seid ganz vergessen.
Ja, groß ist euer Reich und weit,
So daß es schier gen Himmel schreit.

Nach Californien!

Aus schwarzer Erde, morschen Bäumen
Erwacht des Frühlings Lieblichkeit,
Selbst in den unbetret'nen Räumen,
Auf die der Urwald warf sein Kleid.

Vom Norden wälzen Eisesschollen
Die Ströme nach dem Ozean,
Und über breite Seeen rollen
Die Donner einer Eisenbahn.

Es blüh'n der Hügel grüne Kuppen,
Die Stadt erglänzt im Sonnenlicht,
Und auf dem Kirchhof stehen Gruppen
Von Menschen, eng geschaart und dicht.

Ein Reicher wird zu Grab getragen,
Man kann es an den Trägern seh'n
Und an dem stolzen Leichenwagen;
Er war sehr reich, sehr angeseh'n.

Es heben ohne Klaggeberde
Die Neger, reichbetreßt, am Grab
Den sammtbedeckten Sarg zur Erde
Von ihren schwarzen Schultern ab.

Da, horch! ein Murmeln, anfangs leise,
Dann lauter, flüstert dort und da,
Und man erzählt von einer Reise
Ins Goldland über Panama.

In Californien, heißt es, rolle
Gedieg'nes Gold im Strom, im Sand,
Indessen rollen Stein und Scholle
Dem Todten auf die Bretterwand.

Die Leichenrede, wie gewöhnlich,
Ruft ihm noch jede Tugend nach:
Er war gerecht, beliebt, versöhnlich,
Er ließ kein Feld des Guten brach.

Und wie sie so hinunter rollen,
Die Steine hören Alles klar,
Sie poltern laut an's Holz, und wollen
Den Todten wecken in der Bahr:

„Steh auf, der Cours ist nicht gefallen,
Steh auf, die Bank zahlt an dein Haus!
Kauf' Schaufeln auf, kauf!" da verhallen
Die Glocken, der Choral klingt aus.

Nur Flor und Trauerweide flüstern,
Die Menschen stürzten ohne Wort,
Die Priester schlichen mit den Küstern,
Es ging der Todtengräber fort.

Er warf die Schaufel auf den Karren,
Und eilt' nach San Franzeskos Bucht,
Um dort, statt Leichen einzuscharren,
Zu graben nach der goldnen Frucht.

Alt-Spanien.

Im Dom.

Erschossen auf den Wällen,
Gestürzt sind die Rebellen,
Die Weihrauchwolke steigt;
Gerettet sind die Kronen,
Recht sprechen die Kanonen,
Und jeder Zweifel schweigt:
    Te deum laudamus.

(Gegenstrophe.)

Unsre Gatten, Brüder, Väter
Schmäht vom Altar jene Brut,
Doch wir wissen, nicht Verräther
Fallen für ein höchstes Gut;
Arme Waise bete, bete,
Daß die Würger Gott zertrete,
    Ueber sie das Blut!
        Amen Amen!

Gislikon.

Auf eines Brunnens Rand gesenkt
Ragt wie ob tiefem Klageton,
Die Trauerweide blutgetränkt
Am Brückenkopf zu Gislikon.

Manch rüstig junges Schweizerblut,
Am Arm das Kreuz im rothen Band,
Bezahlte hier mit Tod den Muth
Für Freiheit und für Vaterland.

Ihr Eidgenossen traft euch da,
Als gelt' es noch dem Geßlerhut,
Wie steht ihr fremd, und doch so nah,
Ein streitbar Volk voll Trotz und Muth!

Noch stets hast du die Hand im Streit,
O Schweiz, du altes Heimathgut
Aus alter deutscher Kaiserzeit;
Solch' alter Heerd hält lang die Gluth.

————

Aus dem Lagerleben.

Geh' in dein Zelt, schlaf' ein!
Die Wachfeuer haben ausgebrannt,
Eine Feuersäule vom Rhein
Lagert sich über das Land.

Es ist bald Herbst, es ist schon spät,
Die Nebel haben schon begonnen,
Die Saaten sind gemäht,
Die Hoffnungen zerronnen.

Rasch zu nimmt die Nacht —
Wir werden im Schatten streiten;
Ich sah im Traum ein Heer zur Schlacht
An mir vorüberreiten.

————

Die Harpyen.

An der Erde letzten Marken lauern die Harpyen still,
Lauern, wer da kommt zu sterben, wer geopfert werden will,
Jungfräulichen Angesichtes, greifenklauig und beschwingt,
Horchen sie auf ihren Felsen, was der Sturm für Kunde bringt.

Und zu ihnen kommt, wer flüchtig aus der Heimath irren muß,
Wen die Menschheit ausgestoßen, oder Lebensüberdruß;
Elternlose, bleiche Kinder, schuldlos wie im Paradies,
Die kein Vaterland mehr haben, die das eigne Blut verstieß.

Dahin kommen stolze Frevler, Geister, die zu kühn und groß
Allzufrüh vom sichern Ufer banden ihre Schiffe los,
Abgehau'ne Heldenzweige eines einst berühmten Baums,
Träumer, die zu tief geschlafen auf den Kissen ihres Traums.

Alle kommen bleich und hager, ohne Hab' und ohne Stab,
Hier erwartet sie kein Mitleid, hier erwartet sie kein Grab,
Grimmig, mit erhob'nen Klauen, unter freudigem Gekreisch,
Reißen die beschwingten Mädchen von den Knochen Haut und
Fleisch.

Fische glotzen aus den Wogen, Adler schau'n herab ins Thal,
Doch die Ungethüme selber scheuen sich vor solchem Mahl.
Einst jedoch ein Held wird kommen, nicht in Demuth und
nicht blaß,
Stahlgepanzert, eisumgürtet, ohne Lieb und ohne Haß.

Eine Fahne wird er tragen, eine Fahne weiß wie Schnee,
Und ein Herz, das überwunden jeden Tod und jedes Weh;
Dieser wird das Haupt der Jungfrau'n abhau'n mit dem
scharfen Stahl,
Und ein Reich des Friedens gründen in dem ausgestorbnen
Thal.

Hieher flüchtet euch Elende, ob ihr auch geächtet seid,
Aber nicht gesenkten Hauptes, aber nicht im Büßerkleid!
Ob ihr groß war't oder eitel, ob ihr welk war't oder grün,
Allen soll ein Brunnen fließen, Allen soll ein Frühling blüh'n!

Abnehmende Tage.

Nach langen sonnighellen Wochen
Wie hat es heut mich überrascht,
Ich sah das Sonnlicht wie gebrochen,
Schon von der Dämm'rung Flug erhascht!

Es lag ein hold und sanft Verglimmen,
Welch' eine Stille auf der Welt!
Im Wald die letzten Vogelstimmen,
Die Flur vom Abendroth erhellt.

Noch war mit ihren Blumen allen
Die Wiese bunt geschmückt und reich,
Doch wie der Sense schon verfallen,
Und wie von Ahnungsgrauen bleich! —

Es klang ein Echo ferner Laute —
Und ach in diesem Abend lag
Ein Etwas, das mir still vertraute:
Von heute nimmt nun ab der Tag!

Vergleichen mußt' ich's mit den Jahren,
Wo erstes Alter uns beschleicht,
Wo staunend wir und ernst gewahren,
Daß uns ein kühler Hauch erreicht.

Ob auch noch stolze Freuden kommen,
Und Alles uns noch glücken mag,
Doch wirklich hat schon abgenommen
Das Licht von unserm Lebenstag.

Schweigen.

Schweigendes Verachten werde
Giftiger Verläumdung Lohn,
Neid und Undank dieser Erde,
Selbst das Unrecht, selbst den Hohn,
Den dir Bosheit kann erzeigen,
Dulde, redlich Herz, mit Schweigen!

Warnte, wenn du reden wolltest,
Dich nicht oft ein guter Geist,
Mahnend, und wie heiß du grolltest,
Daß der Pflug zwar Furchen reißt,
Doch die Saaten still verschwiegen
Reifend in der Erde liegen?

Tief im Innersten, im Stillen
Reife des Gedankens Saat,
Reife so den starken Willen,
Geh' hervor als Wort und That.
Schweigen weist den Blick nach Innen,
Läßt die Seele tiefer sinnen.

Schweigen ist das Zauberſiegel
Ueber jedem höchſten Glück,
Unbewegt der Wellenſpiegel,
Der die Sonne ſtrahlt zurück,
Iſt der Liebenden Verſtändniß,
Und ihr ſüßeſtes Bekenntniß.

Das Mittelalter.

Im finstern Mittelalter
War doch viel Sonnenschein,
Ein Trauermantel-Falter
Auf Blumen wollt' es sein!
Die Laute, die der Minne
Und ihren Freuden sang,
Sprach lieblich an die Sinne,
Und klang von hoher Zinne
Gebirg und Wald entlang.

Wie düster auch daneben
Der schwarze Schatten stund,
Es ruhte doch das Leben
Auf einem goldnen Grund.
Die Eisenkreuze ragten
Auf lichten Bergeshöh'n,
Und nah' war den Verzagten
Der Gott, um den sie klagten,
Sein Himmel war so schön.

Man konnte schon hienieden
Die Gottesstadt erschau'n,
Und ihrem hohen Frieden
Hingebend sich vertrau'n;
Die heiligen Gekrönten
Umflog der Engel Schaar,
Vom Orgelklang erdröhnten
Zu Füßen des Versöhnten
Der Dom und sein Altar.

Dann trat vor seinem Volke
Der Herr zum heil'gen Grab,
Daß eine Rosenwolke
Die Wüstenei umgab.
Und wenn mit Donnervölle
Der Glockenton gebot,
War's, ob zusammenquölle
Der Himmel und die Hölle,
Das Leben und der Tod.

Heinrich der Finkler.

Durch der Fürsten Wahl erkoren
Als des deutschen Reiches Hort,
Von des Heimathschlosses Thoren
Zog der König Heinrich fort.

Krönungsboten und Vasallen
Harrten schon im Burghof sein,
Er noch einmal durch die Hallen
Wandelt tiefbewegt allein.

Wird es ihm wohl je auf Erden
Wieder traut wie hier und gut,
Wird ihm jemals wieder werden
Wie auf dieser Burg zu Muth?

Seine Vögel, die er hegte,
Lockte jetzt der König her,
Sprach zu Dem, der ihrer pflegte —
Denn es ward das Herz ihm schwer:

Sag mir, wirst du wohl die Schaaren
Meiner Sänger hier im Saal
Mir auch fürder treu bewahren,
Und versehn mit ihrem Mahl? —

Während ich nun geh' zu lernen,
Was man an den Höfen pfeift,
Wo nach dieses Apfels Kernen
Mancher Falk' und Habicht streift.

Wie sonst wir die Drossel fingen,
Und den Finken nachgestellt,
Sieh, so wird mit Netz und Schlingen
Lauern bald auf mich die Welt. —

Manchen Raben werd' ich hören,
Der sich etwas Rechtes däucht,
Der mein Werk mir möchte stören,
Und mir meinen Fang verscheucht!

Sprach's, und eine kleine Meise
Flog ihm auf die Schulter hin,
Zwitscherte ins Ohr ihm leise:
König, weißt du wer ich bin?

Ich bin ein gefang'ner Sänger,
Aus dem Wald kam ich in Haft,
Aber hemme du nicht länger
Deines Volkes Muth und Kraft!

„Trau' den Mauern mit den Dohlen
Nicht zu viel!" — sang's, und war fort —
„Also will ich, Gott befohlen!"
Sprach der Kaiser, und hielt Wort.

Friedrich und Ezelin.

Mit dem zweiten Kaiser Friedrich ritt dereinst Held Ezelin,
Fröhlich ritten beide Fürsten längs beblümter Au'n dahin,
Und sechshundert Ritter sprengten im Gefolg des Kaisers vor,
Und mit Ezelin sechshundert ritten durch Pavias Thor.

Von den schönsten Frau'n und Pferden sprachen die gewalt'gen
Herrn,
Aber auch von schönen Schwertern hörte Kaiser Friedrich
gern,
Und er wies dem Freund das seine, kostbar war es, reich und
werth;
Sahst du, sprach er zu dem Treuen, sahst du je ein beßres
Schwert?

Wahrlich nie! rief Ezelino, aber auch das meine hier
Trefflich ist's, o Herr, und mächtig, hat es gleich nicht solche
Zier;
Aus der Scheide riß er's blitzend, und im Augenblick zugleich
Die sechshundert seiner Ritter, jeder zog es aus zum Streich,

Wie auf einen Wink und Willen, wie der Blitz mit einemmal
Alle die sechshundert Ritter schwangen hoch den blanken Stahl.
Voll Verwundrung sprach da Friedrich: schön und über Alles
werth,
Eines Königs Stolz und Freude wahrlich ist ein solches
Schwert.

Cola Rienzi.

Brutus, Brutus, theurer Held,
Den wie mich dies Rom gezeugt,
Dein gedenk' ich auch in Ketten,
Dein gedenk' ich tief gebeugt!

Ich, den Knechte Bruder nennen,
Ihren Sohn die feile Zeit,
Alle meine Pulse brennen
Hassend in Verschwiegenheit.

Brutus, Brutus, theurer Held!
Hattest keine Mutter mehr,
Als die dunkle Heimatherde,
Und du liebtest sie so sehr!

Du benetztest sie mit Thränen,
Während tief im Busen dir
Schüttelten die Löwenmähnen
Freiheitslust und Kampfbegier.

Brutus, Brutus, theurer Held,
Hörst du's, wie mein Herz dir dankt,
Dort wo noch im Schattenreiche
Lebenden die Waage schwankt;

Stürme wilder Nächte wehen,
Brausend schwillt der Tiberstrom —
Werd' ich thatlos untergehen,
Oder dich befrei'n, mein Rom?

O laßt uns noch den Glauben an die Herzen.

Noch tagt es nicht, noch strahlt das Licht
Des schönsten Traumes durch die Dämmerungen,
Noch hat vom blühenden Granatbaum nicht
Die Nachtigall ihr letztes Lied gesungen,
Noch ist die Liebe, Himmelshöh'n entstammt,
Und heilig ist im Wohllaut süßer Schmerzen,
Von reiner Gluth des Dichters Brust entflammt —
O laßt uns noch den Glauben an die Herzen!

Noch hat das Mißtraun, die Verleumbung nicht
Uns tödtlich bis ins tiefste Mark getroffen,
Wir glauben noch das Recht der Menschenpflicht,
Wir schau'n in jeden Blick noch frei und offen,
Noch lebt kein Feind, der tückisch uns umschleicht,
Um hinterrücks uns schändlich anzuschwärzen,
Und unser Freund ist, wer die Hand uns reicht —
O laßt uns noch den Glauben an die Herzen!

Daß nicht erlösche die Begeisterung,
Daß treu die heiligen Gefühle bleiben,

Kein trüber Tag soll diese Dämmerung
Mit ihren Sternen uns vom Himmel treiben,
Den Glauben an der Menschheit Würde, noch
Gelingt's dem Zweifel nicht, ihn auszumerzen,
Die Wahrheit siegt, es siegt das Gute doch —
O laßt uns noch den Glauben an die Herzen!

Der Gnomon.

Erbaut von Einem, der die halbe Welt bezwang,
Umgeben von verfallenen Palästen
Ragt Delhi's Sternenwarte, Gang auf Gang,
Und Kreis in Kreis gemauert, Sonnenuhr
Und Bild des Erdäquators; Ost und Westen
In seinen Bogen schließt der Bau, man sieht die Spur
Der Grade noch im Stein, wornach das Jahr
Der Astronom bemaß. Wahrhaft als ein Altar
Des Lichts erscheint ihr ewige Gebäude,
Und wie der Himmel, den ihr vorstellt, wahr!

Begrenzt sind Erb' und Horizont, an beide
Stößt Meer und Wüste, Menschenloos
Ist todumgränztes Leben; ohne Schranke
Ist nur das All in seiner Sterne Gang,
Azur! in deinem Schooß
Unsterblicher Gesang,
Und eines Welteroberers Gedanke.

Der große Pan.

Loth zog, vom Herrn geleitet,
Aus Sodom betend fort,
Die Gluth flog ausgebreitet,
Die Gegend lag verdorrt.

Die Schwefelfluth verheerte
Im Land das Götzenthum,
Die Lebenden verzehrte
Das Feuer rings herum.

Als Morgens aufgegangen
Die Sonne gluthroth schien,
Da suchten große Schlangen
Aus Sodom zu entfliehn.

Mit Wunden an den Sohlen,
Bei jäher Blitze Schein,
Kroch Satan durch die Kohlen
Zum Götzenbild von Stein.

Auf daß nicht ganz verschwinde
Sein Reich und seine Macht,
Sein Dienst, der Wahn, der blinde,
Die dumpfe Geistesnacht,

Damit noch ferner blühe
Der Opferthiere Kauf,
So lud er trotz der Mühe
Das Riesenbild sich auf;

Er nahm es in die Krallen,
Und trug es durch die Luft,
Und ließ es niederfallen
Auf eine Felsenkluft.

Die Trümmer von dem Götzen,
Genannt der große Baal,
Bedeckten mit den Klötzen
Ein ungeheures Thal.

In Stücke zwar verschoben,
Ward jeder Theil davon
Zu einem Gott erhoben,
Mit einem eignen Thron.

Er wurde dort Serapis,
Und Pluto dort genannt,
Und wurde bald als Apis,
Und bald als Zeus bekannt.

Das Haupt, als ob es schliefe,
Ein Schauer um und an,
Lag athmend in der Tiefe,
Und hieß der große Pan.

Da kamen seine Kinder
Mit Schaalen voller Weins,
Und opferten ihm Rinder
Und Blut des wilden Schweins.

Und während ihm sie sangen
Mit wonnetrunknem Mund,
Und jubelten und sprangen,
Erdonnerte der Grund.

Und während ihre Lieder
Ihn priesen als das Heil,
Schoß tödtlich auf sie nieder
Der Sonnengott den Pfeil.

Die Conquistadoren.

Eure Loosung, kühne Spanier, hieß
Abentheuer und die Sterne!
Durch des unbekannten Meeres Ferne
Drangt ihr in des Westens Paradies,
Und ihr trug't in jenen Garten,
Den der Cherub Muth vor euch erschloß,
Das verheerende Geschoß,
Mit dem Kompaß und der Karte — Karten,
Auf dem Globus Frau Fortunen,
Und den Golddurst, und die List des Punen. —
Was von Schätzen auf den Meeresgrund
Je hinabsank, Edelstein und Kronen,
Schütten vor euch aus die Wunderzonen,
Antwort gibt der Berge Feuerschlund
Donnernden Geschützen durch die Nacht .
Meilenweiter Wälder. — Menschenwille
Hatte da kein Unrecht noch vollbracht,
Und die regungslose Stille
War aus ihrem ersten Schlaf erwacht.
Aber auf des Berges Spitze,
Auf dem rauchenden Vulkan
Zeigt der Führer durch die Blitze
Nach dem neuentdeckten stillen Ocean.

Einem jungen amerikanischen Dichter.

Voran! laßt eure Banner wehen,
Ihr Dichter aus der neuen Welt,
Die Poesie laßt auferstehen,
Dort wo das Beil den Urwald fällt,
Es werden euch die Flammenrosse
Der Eisenbahnen — Melodie,
Und auf der neuen Welt entsprosse
Auch eine neue Poesie! —

Sind von der rothen Männer Sagen
Die großen Ströme nicht belebt,
Um die aus kaum vergangnen Tagen
Der Weltgeschichte Flug noch schwebt?
Es brach der alten Welt Colosse
Der Geist, der ihnen Leben lieh,
Auf eurer neuen Welt entsprosse
Auch eine neue Poesie!

Als Angebind' an eurer Wiege
Ward euer, was Jahrhundert' lang

Die Menschheit nur durch blut'ge Siege
Auf mühevollem Weg errang.
Der jüngsten Aera Zeitgenosse,
Blüh' eure Dichtkunst, groß wie sie,
Und in der neuen Welt entsprosse
Auch eine neue Poesie!

Werft ab den Fluch der alten Sünde,
Das wüste Joch der Sklaverei,
Vernunft verwirft durch tausend Gründe,
Daß Mensch dem Menschen Teufel sei!
Nehmt eure tödtlichen Geschosse
Zur Hand nur gegen Despotie,
Und in der neuen Welt entsprosse
Auch eine neue Poesie!

Die steinerne Flotte der Amerikaner.

1863.

Welch eine selt'ne Flotte schwimmt
Dort auf dem Ocean?
Sie fährt, zum Untergang bestimmt,
Einher die Wellenbahn,
Sie naht sich dem Gestade,
Ein steinern todter Gast,
Die Flotte der Blokade
Mit ihrer Steine Last.

Aus ihren hohlen Lucken zuckt
Kein Pulverblitz hervor,
Der Schiffe lecker Boden schluckt
Das Wasser ein wie Rohr;
Die steinerne Flottille,
Sie gleicht in ihrer Ruh'
Der bangen Meeresstille,
Dem Abgrund sinkt sie zu.

Die Flaggen ab und segellos,
Und ohne Mast und Gut,

Sinkt Schiff an Schiff hinab zum Schooß
Der stillen Meeresfluth.
Und manches trug den Namen
Von Ruhm und Heldenthat;
Aus Steinen — heißt es — kamen
Einst Männer, Pyrrha's Saat.

Die Steine werden auferstehn,
Daß jeder Zeuge sei,
Zu Grunde muß und untergehn
Das Joch der Sklaverei.
Die Arbeit freier Hände
Erob're Land für Land,
Und schling' um Fruchtgelände
Der Eintracht goldnes Band!

Einem Freunde, der nach England reiste.

Du gehst, das große Volk zu schauen,
Das mächtigste der neuen Zeit,
So tüchtig durch sein Selbstvertrauen,
So groß durch seine Thätigkeit.

Doch mehr als zu den Riesenwerften,
Und zu der Dampfmaschinen Rauch,
Zieht dich's zu seiner Geistdurchnervten
Gewalt'gen Dichter Lebenshauch.

Ja, Shakespeare's ewige Gestalten
Erläutern dir das Inselreich;
Der Gott des Meeres war den Alten
Der Erderschütterer zugleich!

Mit Miltons Hoheit, und vor allen
Mit Byrons kühnem Genius
Wirst du das grüne Land durchwallen
Am Themsestrand und Avonfluß.

So grüße mir denn jene Schwäne,
Und fühle mich dir nah, und weih'
Den Genien eine Dankesthräne
Im Dichterwinkel der Abtei.

Lied zur Grundsteinlegung

im Hause des Freiherrn Robert von Hornstein.

Zum Trinken guten Grund verleiht
Uns jede gute Stunde,
Doch heut' gibt die Gelegenheit
Der Grund mit gutem Grunde.

Denn wo sonst lag der Sonnenschein,
Und wo die Stürme bliesen,
Da schließt nun eine Mauer ein
Das freie Grün der Wiesen.

Der Hammer hat den Stein gelöst,
Belegt mit seinem Banne,
Die Schaufel hat den Grund entblößt,
Das Beil gefällt die Tanne.

Drum suchen wir mit guter Art
Die Geister zu versöhnen,
Von Stürmen bleib' das Haus bewahrt,
Von allen rauhen Tönen.

Herein dafür, du Liederschatz
Aus munt'ren Vogelkehlen,
Und ihr, die ihr besaßt den Platz,
Herein, ihr Blumenseelen!

In jedem Raum, jahraus jahrein,
Erhelle das Gebäude
Der volle warme Sonnenschein
Des Glückes und der Freude.

Und fügen wir ein ernstes Wort
Noch bei dem schönen Bunde,
Der alte Stamm blüh' fröhlich fort
Auf diesem neuen Grunde! —

Das neue Haus ist eingeweiht,
Nun tön' aus Aller Munde:
Gesegnet sei es allezeit
Vom Giebel bis zum Grunde!

F. Hölderlin.

Vor Allen selig ist zu nennen
Ein lichtgeborner Dichtergeist,
Wenn von Bewunderung entbrennen
Die Selt'nen, die an ihm erkennen,
Was noch der Nachwelt Lippe preist.

Ein gleiches Loos war dir besiegelt,
Da stürzte sich voll Feu.rmuth
Dein Geist, von hohem Schmerz beflügelt —
In sein Verhängniß ungezügelt,
Und sank dahin in eignır Gluth.

Die Sehnsucht nach dem höchsten Schönen,
Der Menschheit reinstem Ideal,
Rief dich mit allen Zaubertönen
Zu Hellas freien Göttersöhnen,
Und Flamme ward ihr Himmelsstrahl.

Wie sich die Rebe mit den Ranken
Um eine schlanke Säule biegt,

So hat dein Geist mit liebekranken
Und himmelstürmenden Gedanken
An Joniens Tempel sich geschmiegt.

Was Andre sich als Glück erbaten,
Das stießest du mit Stolz zurück,
Nicht nur im Ruhm der besten Thaten,
Vollbrachter Werke, reicher Saaten —
Im Kampf sahst du das höchste Glück.

Nur Schmerz sollt' deine Früchte keltern,
Doch freudig trankst dein Leben du
Den Göttern zu, den Allvergeltern,
Und auf des Friedens weißen Zeltern
Ging still dein Tag zur Abendruh'!

Passionsblume.

Ueber der Menschheit Stirne gesenkt
Wölkt sich ein Schatten der tiefsten Trauer,
Wenn der vergangenen Zeit sie gedenkt,
Und der begangenen Frevel mit Schauer.

Wie viel schuldlos Ermordete stehn
Wie viel gekreuzigte Zeugen der Wahrheit
Unten in Nacht, und wir, wir gehn
Oben im Licht und in freudiger Klarheit!

Bis von einem Unrecht nur —
Nur ein wenig sich ausgeglichen,
Sind im Gange der Weltenuhr
Oft Jahrhunderte schon verstrichen!

————

Schiller am Secirtisch.

In einem Saale der Anatomie
Saß Schiller, der Arzt, allein bei den Leichen,
Er träumte von Göttern und Poesie,
Und tauchte vertieft an einer der bleichen
Zerstückten Gestalten das scharfe Scalpell,
In den ausgestorbenen Lebensquell.

„Um nichts zu lernen, als daß wir um Nichts
Voraus sind dem Wurme — um nichts, als besser
Zur Qual der Empfindung verdammt." — Er spricht's,
Er schleudert von sich hinweg das Messer,
Und sinnt, in die Hände gestützt das Haupt:
„Du hattest ein Glück, du hast geglaubt.

„Du gingst durch eine blühende Welt,
So lang das Vertrauen zum Idealen
Die zuversichtliche Seele geschwellt,
Und lauter sahst du die Freude dir strahlen,
Du glaubtest die Liebe, und ehrtest den Schmerz,
Und das heilige blutende Menschenherz.

„Auf einmal kam Nacht und Dunkelheit,
Im Busen dir bebte das heilige Feuer,
Und aus den düstern Fluthen der Zeit
Erhob den Rachen ein Ungeheuer,
Die grinsende Selbstsucht, die alles verschlingt,
Und du sahst dich von scheußlichen Larven umringt.

„Du sahst, wie der Neid mit Dornen besä't
Die Wege des Edlen zu rühmlichen Thaten,
Und wie sich die schaale Gemeinheit bläht,
Die Unschuld vergiftet, die Treue verrathen,
Die Härte des Starken, den Jammer, die Noth —
Und Alles zuletzt vernichtet vom Tod.

„Da wandelte Grausen und Furcht dich an,
Du fühltest den alten Muth dich verlassen,
Dein Glaube von früher erschien dir als Wahn,
Und du möchtest dich selber nun fliehn und hassen;
Doch mußt du hindurch, und gefröre dir auch
Zu verzweifeltem Spott der lebendige Hauch.

„Blick weiter, dring' vor, und ringe dich fort!
Erkenn' im tief'ren Zusammenhange
Die Dinge der Welt und bewahre das Wort,
Und bleib' dir getreu und dem hohen Drange,
Dann bilde Gestalten, Prometheus gleich,
An Schönheit und stolzen Gedanken reich.

„So sei es, dir schwör' ich's!" Er faßte die Hand
Des Todten und rief: „Beim Zellengewebe!
Nicht länger mehr will ich — nimm hier das Pfand —
Ins Handwerk dir pfuschen, Verwesung! Es lebe
Das Leben! Auf zum Champagner! Fahr' hin
Subordination und Medicin!"

Die Girondisten an ihre Richter.

Herrschet! euer ist die Stunde,
Euer diese Finsterniß,
Alles Beff're ging zu Grunde
Oder sank in Kümmerniß.
Diese Nacht des Schattenlebens,
Diese Nacht ist euer Tag,
Diese Zeit des irren Strebens —
Blutiger Areopag!

Seelengröße, Ruhm und Sitte,
Alles fiel vor eurem Gott,
Und es ragt aus eurer Mitte
Sein Altar nur, das Schaffott,
Und er führt euch ins Verderben,
Wehe! wie wird euer Glanz,
Wenn es Tag wird, sich verfärben,
Sich entblättern euer Kranz!

Herrschet, feiert Bacchanalien
Auf dem gräßlichen Gebiet.

Wo vor euren Saturnalien
Jede Menschlichkeit entflieht.
Würgt, und könnt ihr euch noch täuschen? —
Bald wird diese Tigerbrut
Die ihr großzogt, euch zerfleischen,
Jubelnd in gerechter Wuth. —

Nun wir uns zuletzt umarmen,
Weicht des Todes Bitterkeit,
Keine Lippe sprech' Erbarmen,
Keine, nur Gerechtigkeit!
„Henker!" schleudern wir ingrimmig
Unsern Siegern ins Gesicht:
„Wir verweisen euch einstimmig
Auf ein künftiges Gericht."

Nur den Schein der Römertugend
Heuchelt kalt und fühllos ihr,
Denn das Volk, und selbst die Jugend
Ward durch euch zum wilden Thier.
Wir erfüllen festen Muthes
Unser tragisches Geschick,
Jeder Tropfen unsres Blutes
Sprüh' ein: Hoch der Republik!

Der Lebensfunke.

Leb' wohl, o Welt, du schöner Traum,
Leb' wohl, o goldnes Licht der Sonne!
Leb' Erde wohl und blauer Raum,
Genuß und Glück und alle Wonne!

Ihr habt geleuchtet mir so lang,
Ihr gabet Liebe meinen Wegen,
Und in der Jugend mir Gesang,
Und jedem Leide seinen Segen.

Wohin nun Der befehlen mag,
Auf dessen Wink wir alle werden;
Lebt wohl in eurem frohen Tag
Ihr, die ihr glücklich seid auf Erden!

Lebt wohl auch ihr, an die so viel
Das Unglück Lohn für Leiden schuldet,
Ein Engel steh' an eurem Ziel
Und sag' euch lächelnd: ausgeduldet!

Der Lebensfunke, der nie ruht,
An Keinen ist er ganz gegeben,
Doch pflanzt sich fort die reinste Gluth
Von einem in das andre Leben.

Der Seele Wesen stirbt ja nicht,
Sie wechselt Form nur und Gestalten,
Und ewig werden Reiz und Licht
Zu neuem Dasein sich entfalten.

Im Tod die Seele, stark und groß,
Mit freigewordnem Flügelschlage
Entringt sich ihrem Erdenloos,
Und bringt in neue Lebenstage.

Verklärter reiner Wesenheit,
Besieget sie der Erde Schranke,
Und schwingt sich über Raum und Zeit,
Ganz Licht und lauterer Gedanke.

Napoleons I. Beisetzung.

Was sichert ihm wohl tiefern Frieden:
Sanct Helenens Cypressenlaub?
Im stolzen Dom der Invaliden
Der Marmor über seinem Staub?
Ob wohl beim Gruße des Geschützes
Der Weltstadt er sich mehr gefällt,
Als bei dem Strahl des flücht'gen Blitzes,
Der fern sein einsam Grab erhellt?

Dem Sieger bei Arbela gaben
Die Seinen kaum ein Grab; ein Raub
Der Flammen, sorglos, unbegraben
Blieb Hannibals, des Helden Staub.
Dreifach metall'ne Särge schließen
Die Knochen Attila's in sich,
Und des Busento Wogen fließen
Ueber dem Grab des Alarich.

Noch einen, Lethe! deiner Schatten —
Den Todten von Sanct Helena!

Den Kaiser will sein Volk bestatten,
In dem es seine Größe sah.
Es war des Sterbenden Gedanke,
Dem Staub einst öffne noch den Schooß
Das Land, das ihm zuerst die Schranke
Für Siege, Ruhm und Macht erschloß.

Schon dröhnet von der Pike Streichen,
Vom Schaufelschlag die Grabeswand,
Hört ihr's, zermorschte Kriegerleichen,
Bedeckt von Eis und Wüstensand?
Es spüren ein geheimes Schwanken
Die Throne, wie der Völker Rath,
Da wie mit einem Schlachtgedanken
Das Kriegsboot mit der Asche naht. —

Spannt, sprach einst Ziska, meine Decke
Auf eine Trommel, wenn ich schied;
Um daß er todt den Feind noch schrecke,
Hob man aufs Roß den todten Cid —
Doch nein! sein Schatten mit den Schemen,
Die einst geherrscht im alten Rom,
Sieht von versunk'nen Diademen
Das Trugbild nur im Lethestrom.

Weht über Afrika, Gluthlüfte!
Weht um des alten Atlas Haupt;

Meer, trag' ihn heim in Frankreichs Grüfte,
Den Staub von blut'gem Erz umlaubt,
Und unserm Buch der Zeitgeschichte,
Von keinen Thaten sonst bewegt,
Sei zwischen leerer Blätterschichte
Ein Sarg als Merker eingelegt.

Der Krimkrieg.

Die kalte Wüste voll Gezelt und Tonnen,
Ein Delos nun von Congrevesonnen,
Liegt kahl und ausgebrannt am Strand der See;
Wohlan mit einer Südarmee
Den nordischen Coloß erschüttern,
Das war — so hört' ich oft — einst deß Idee,
Vor dem Europa war gewohnt zu zittern.

Aufs Bajonnet gelehnt um Bivouacfeuer
Stehn Schotten hier in bunter Hochlandstracht,
Und drüben stehn Mongolen auf der Wacht;
Wie furchtbar, und wie wild und ungeheuer,
Wie mannigfach gestaltet sich die Schlacht!
Das Feldgeschrei der thracischen Gestade,
Der Partherkriege Wuth ist aufgewacht,
Und Russ' und Türke geben keine Gnade.

Hier kämpften einst der Geten rauhe Speere,
Hier schlug der Grieche den Bulgaren,
Und räuberische Russen auf dem Meere;
Noch klirrt der Pfeil im Köcher des Tartaren,

Vom Pulver aber wird der Fels gesprengt.
Das Kriegsschiff, dran die schwarze Flagge hängt,
Und hundertschlündige Kanonenboote
Schau'n mürrisch donnernd zu,
Im Türkenzelt heult noch das Allah hu!
Sonst sieht man dort fast nichts als Todte;
Die Geier lassen sich herab
Auf gelber Klippe hausend,
Und der Kosak jagt, wie ein Windfall sausend,
Das Roß der Steppen über Feindes Grab.

* * *

Auf allen Schlachtfeldern draußen
Modert deutsches Geschlecht und Blut —
Im Süden bei der Wüste Straußen,
Im Westen an der großen Ströme Fluth,
Im Norden unter Eis und Dünen,
In Rußland, im Peloponnes,
Und in den Krimsteppen, den grünen,
Wo schlägt ein Herz, das dieß vergäß'? —

Der Hochländer Kriegsmarsch.

Umschlossen in Lakhno vom indischen Heer,
Kämpft muthig das Häuflein der Britten,
Bei Tag und bei Nacht stehen unter Gewehr
Die tapfern Soldaten, und haben noch mehr
Von Krankheit und Hunger gelitten,
Noch hofft man Entsatz, und die Hoffnung leiht
Bei sinkendem Glücke noch Muth zum Streit.

Sagt, sahet ihr nirgends durchs Dunkel der Nacht
Die leuchtende Kugel steigen?
Dann käm' uns Entsatz, und es käme zur Schlacht!
Sie lauschen und spähen, und ein Weib, das gewacht
Bei den Kranken, ruft: „Hört!" in das Schweigen
Wie Sturm an den Felsen von Lochnagar,
„Ich höre den Kriegsmarsch der Hochländerschaar.

„Das ist nicht der Feinde Siegesgebrüll,
Das sind uns're schottischen Schaaren,
Ich kenne ihr Trommeln und Pfeifen, ich will,
Ich kann es euch schwören — still, still!

Ich hör's, wie ich's hörte vor Jahren,
Und das Herz dabei pocht mir so bang und so laut,
Wie das Herz der erwartenden Hochlandsbraut.

„Mir ist, als säh' ich durchs Dunkel der Nacht
Die Feder am bunten Barette,
Sie marschiren im Takt, sie marschiren zur Schlacht,
Und ihr muthvolles Herz ist eifrig bedacht,
Wie bald es vom Feind uns errette;
Wie Sturm an den Felsen von Lochnagar —
Ich höre den Kriegsmarsch der Hochländerschaar."

Nicht länger mehr schütteln ungläubig das Haupt
Die bleichen, verzehrten Gestalten;
Die Blicke flammen, und wem schon geraubt
Des Todes Nähe die Hoffnung, der glaubt
Noch einmal die Waffen zu halten.
Und „Auf und entgegen!" wird commandirt,
Signale geblasen, die Trommel gerührt.

Rings braust um die Mauer des alten Castells
Der Kampf mit der feindlichen Kette
Herüber, hinüber, beim Ruf des Appells;
Wie zischen die Kugeln, wie knallen Shrapnels,
Wie blitzen die Bajonnette!
Und näher und lauter dringt siegend hervor
Das Hurrah der Britten von außen am Thor.

„Sie sind es, sie kommen, es wird ihnen warm,
Zu Hilfe den treuen Bewährten!"
Noch einen Attaque in der Feinde Schwarm,
Dann aber liegen sich jubelnd im Arm
Die alten Waffengefährten.
Da rannen wohl Thränen, der Freude geweint,
Auf sonngebräunte Wangen vereint.

Wo war nur die Alte, was sprach sie kein Wort?
Sie lag erstarrt auf den Steinen,
Ihr Herz war gebrochen, und weit mit fort
War ihre Seele gegangen von dort
Zu der Heimath Buchten und Hainen;
Man grub ihr ein Grab, und über der Bahr
Erschallte der Kriegsmarsch der Hochländerschaar.

———————

Schamyl.

Wohl brauste dumpf der Strom im Grunde,
Als Gunibs letzte Mauer fiel;
Ein Kampf noch — eine bange Stunde —
Und ein Gefang'ner war Schamyl!

Lang botest du dem Kugelregen,
Und bis zum letzten Säbelhieb
Die Stirne kühn dem Feind entgegen,
Den gegen dich die Knute trieb.

Wie lang, um deinen Arm zu biegen,
Warf Heere gegen dich der Czar,
Und du sahst sie zerschmettert liegen
Am Fuß der Felsen jedes Jahr.

Man sah die Fahne dich erheben,
Die du zuerst erhobst — zuletzt —
Und weg sie schleudernd, dich ergeben,
Von vieler Wunden Blut benetzt.

Dein Blick im Aug' des Feindes spähte
In Furcht vor Schmach, nicht vor dem Tod',
Und nun riefst du die oft verschmähte,
Die Gnade, die der Czar dir bot!

Sprich, hatte dich der Muth verlassen,
Mit dem du einst voll Trotz und Gluth
Geschworen hast, den Feind zu hassen
Bis auf den letzten Tropfen Blut?

Wenn wieder deiner Berge Spitzen
Der Tag beglänzt, so will er sehn
Im Thale deinen Säbel blitzen,
Und deinen weißen Turban wehn.

Den Schakal und die Wölfe speiste
Mit Russenleichen sonst dein Sieg;
Du riefst, so hoch ein Adler kreiste,
Die Völker auf zum heil'gen Krieg.

Noch lang im Klagelied der Frauen
Wird dauern deines Ruhmes Klang,
Doch du wirst niemals wiederschauen
Der Bergestöchter stolzen Gang.

O konnte dich dein Pferd denn tragen
Den Weg in die Gefangenschaft,
Anstatt mit dir hinabzujagen
Dort, wo der Berg am tiefsten klafft?

Die Wolken hätten ausgebreitet
Zu Flügeln sich um dein Gewand,
Es hätte sanft emporgeleitet
Zu Gott dich eines Engels Hand.

Doch sagen wird, das dich bewundert,
Das Abendland, daß mit Schamyl
Ein tapfres Volk, und dem Jahrhundert
Zugleich ein Held der Freiheit fiel.

Charfreitag.

Stets haben Schurken ohne Scheu und Zagen
Der Menschheit Licht- und Wahrheitssinn,
Den Geist und Edelmuth ans Kreuz geschlagen,
Nur daß es ihnen seit dem Weltbeginn
Noch nie so gut geglückt wie dort
Auf Golgatha mit Gottes Wort.

Nun trauert unter Trommelschlag, o Lüge!
Die Welt um seinen Tod, um ihn,
Den sie ans Kreuz, wie damals, wieder schlüge! —
Die damals: „Kreuziget" geschrie'n,
Sind heut' noch da; es schleicht noch immer um,
Es stirbt nicht aus das Pharisäerthum.

———————

Ermuthigung.

Geh' wieder an dein Werk auf Erden,
Geh' an dein Tagwerk, an den Flug,
Und sollt' er dir zum Fluche werden,
Er ist dein Hammer und dein Pflug.

Laß nicht die Freude dir verkümmern,
Nicht tödten dir vom Neid die Gluth,
Schöpf' immer wieder aus den Trümmern
Geknickter Hoffnung neuen Muth.

Sieh' Gunst und Glück um Andrer Gaben,
Die Hände schnell, die Stirne dreist,
Sieh' ruhmlos dein Verdienst begraben,
Verschwendet Mühe, Zeit und Geist.

Verzweifle dennoch nicht noch rase,
Wenn gleich, zum Hohn auf wahren Werth,
Gemeine Redensart und Phrase
Mit schallendem Triumphe fährt.

Wenn weg die Welt wirft ohne Danken,
Nachdem sie satt daran genascht,
Ein Werk der Mühen und Gedanken,
Und gierig nur nach Neuem hascht.

Es zischt wohl giftig auch die Schlange
Zum Standbild, das sie lebend glaubt,
Doch voll die Lippen vom Gesange,
Schaut still auf sie das Marmorhaupt.

So gleich' ihm! Wenn die Nacht verdunkelt,
So führt sie Sterne doch hervor;
In jedem strahlt, wie fern er funkelt,
Die Sonne, die dein Tag verlor.

In ein Album.

Wir Menschen sind die Charaktere,
Die Zeichen in dem Zauberring,
Womit die Geistersternensphäre
Der unsichtbare Gott umfing.

Der Falsche lebt als schwarze Chiffer,
Als eines Puniers Schiboleth,
Und der ist nichts als Zahl und Ziffer,
Der ungeliebt durchs Leben geht.

So viele sind nur Palimpseste
Und Todtenmasken, nur ein Fund
Verschütteter Gedankenreste
Aus längst zerstörtem Seelengrund.

Doch scheint mir, wenn ein kühnes Hoffen
Den Himmel stürmt mit aller Gluth,
Als wehe dann das Dunkel offen,
Das auf dem Weltgeheimniß ruht.

Und lüftet erst den Sternenschleier
Der Himmelsraum vor unserm Blick,
So schau'n wir über ihn, und freier
In unser und der Welt Geschick.

Ich seh' als Gottes Hieroglyphen
Die Thaten großer Menschen an,
Je mehr wir uns in sie vertiefen,
Je klarer wird ein höchster Plan.

Wie groß ist, leidend oder siegend,
Der Menschengeist in jedem Streit;
Wie groß, im Fall noch überwiegend
Den Schatten der Vergänglichkeit!

Pfingsten.

Schöne Zeit von Himmelfahrt
Bis zum nahen Pfingsten,
Wo der Geist sich offenbart
Groß auch im Geringsten.

Glockenklang erschallt vom Dom,
Und zur Lust des Maien
Wallt hinaus der Menschenstrom,
Alles will sich freuen!

Freue sich, wer Gutes that,
Wer dafür gestritten,
Wer gestreut der Zukunft Saat,
Und auch wer gelitten!

Ja, ich weiß, es wird geschehn,
Was wir jetzt noch hoffen,
Daß zum Glück die Thore stehn
Allen einst noch offen.

Daß man nicht mehr sieht verirrt
Schaaren Lebensmüder;
Keine Heerde und kein Hirt!
Freie nur, nur Brüder!

Wenn kein Druck den Geist mehr dämpft,
Wenn ein zweites Eden,
Aber schöner — weil erkämpft —
Folgt auf unsre Fehden.

Eines Himmels Erdenfahrt
Und ein andres Pfingsten,
Wo der Geist sich offenbart,
Groß auch im Geringsten.

Ein Steuermann wohl möcht' ich sein.

Ein Steuermann wohl möcht' ich sein?
Auf Wogen wild und tief,
Ich lenkte durch Nacht und Wetterschein
Mein Boot, wenn Alles schlief.

Auf hohem Wartthurm in der Nacht
Ein Wächter möcht' ich sein,
Ich schriebe, was Großes ein Volk vollbracht,
Der Nachwelt ins Thatenbuch ein.

Und ruhen möcht' ich auf blut'ger Haid',
Und schau'n noch vor dem Tod
Die arme Menschenwelt befreit
Von Elend und aller Noth.

———

Zur deutschen Humboldtfeier.

Gebirgen gleicht die Menschheit, eingesprengt
Sind ihrer Masse leuchtende Kryftalle,
Die geist'gen Größen sind in ihr gemengt,
Wie mit dem Kies die edleren Metalle:
Auf Millionen Muschelkalk und Lehm
Kommt ein Demant kaum in ihr Diadem.

Allein die Morgenröthe wirft ihr Glühn
Als Purpur in die dunkle Tiefe nieder,
Und sieht sich an dem Saum der Muschel blühn,
Und in den Aesten der Korallen wieder,
Und was ein edler Geist ersinnt und denkt,
Ist als ein Erbgut aller Zeit geschenkt.

Schon ein Jahrhundert seit Napoleons
Und Humboldts erstem Tag! — was für Gestirne!
Aufstieg der Held zum Glanz des Kaiserthrons,
Umwölkt von Schlachtendonner seine Stirne;
Mit andern Waffen, und auf andrem Feld
Eroberte der Forscher seine Welt — —

Nach Zahl der Jahre schon war reich genug
Des großen Mannes hochbetagtes Leben,
Von seinem Gipfel mochte leicht den Flug
Ins Ewige der reichste Geist erheben,
Doch war es auch an Inhalt reich und That,
Wie weil'ge reich an ausgestreuter Saat.

Nichts war ihm ungekannt, nichts ungedacht,
Die kleinste Messung wie die höchste Sphäre,
Der Stern am Himmel und der Stein im Schacht,
Das Moos im Meergrund und die Palmenähre,
Das Reich der Steppe, die Kometenbahn,
Das Thier im Keim, der Gletscher und Vulkan.

Bereisend, forschend, wirkend, ruhelos,
Fast glich er Einem jener Geisterschaaren,
Die an Erkenntniß wie die Götter groß,
Beim ersten Werk der Schöpfung thätig waren;
So sah ihn Meer und Urwald, bis wohin
Sein Wissen ein durchbringend Leuchten schien.

Dem Wilden, der im Boot am Ruder saß
Und staunend sah, wie Strom und Wald und Hügel
Der weiße Fremdling niederschrieb und maaß;
Dem Condor über ihm, die stolzen Flügel
Im Luftraum wiegend, beiden schien es dann,
Ein mächt'ger Herrscher sei der fremde Mann.

Er war es auch, und Weltgesetze gab
Sein Werk, sein Buch, urew'ge, wandellose,
Es legt ein Zeugniß von der Allmacht ab,
Die Wahrheit hält's eröffnet auf dem Schooße,
Das Auge des Erkenens lebt darin,
Der hohe, freie, urtheilsvolle Sinn.

Dies Buch! Gedanken hegt's von kühnstem Flug
Und ist ein Grund, um endlos fortzubauen,
Es ist, was vor den Schwertern ist der Pflug,
Ist der Vernunft besiegelt Selbstvertrauen;
Erst mit dem Kosmos tritt in seine Kraft
Das volle, ganze Recht der Wissenschaft.

Dies Buch, es ist ein rechtes Ebenmaaß
Zur Größe seines Vorwurfs, denn die gleiche
Bewundrung überwältigt den, der's las,
Wie den, der umblickt in der Schöpfung Reiche;
Es ist ein Spiegel der Natur, da sie
In dem, der's schuf, den reichsten Stoff sich lieh.

Und dies ist Deutschlands Ruhm, sein schönster Dom,
Daß solch ein Werk der deutsche Geist geschaffen;
Vom Niagarafall, vom Riesenstrom,
Bis wo des Himalaja Schlünde klaffen —
Wie auf der ganzen Erde festlich heut,
Wird Humboldts Ruhm Jahrhundert lang erneut.

Nicht nur sein Ruhm — was wär' erschallend nur
Des Namens Klang — doch dieses reiche Wissen
Ist wie die ewig knospende Natur,
So fruchtbar stets und segensreich beflissen;
Und was der Menschengeist ersinnt und schafft:
In Alles strömt es seine Wirkungskraft.

II.

Buch der Liebe.

1.

Seltene Fügung! was hab ich gefunden?
Blumen am Wege, doch da nicht erblüht,
Sondern verlorne, zum Strauße gebunden,
Und, wie mir schien, noch von Thränen durchglüht.

Der sie entfielen, die Hand warf zaudernd
Ueber verlassenen Pfaden zurück,
Was noch dem Herzen theuer war, schaudernd
Vor dem entschwund'nen zertretenen Glück.

Oder entfielet ihr Blümchen der Haide
Einer beglückteren pochenden Brust?
Ahnend empfind' ichs mit heimlichem Neide:
Euer Verderben war Anderer Lust.

Der ihr entfielet, die Hand ließ zaudernd
Euch dem verlassenen Herzen zurück,
Während ihr eignes erzitterte, schaudernd
Vor unermeßlichem Liebesglück.

2.

Entrungen hat sich ihrer Hülle
Die Blüthe vom Orangenbaum,
Ihr Wohlgeruch in süßer Fülle
Durchströmt den dunkeln Gartenraum.

Es leuchtet aus dem Grund des Kelches,
Es duftet so geheimnißvoll,
Als ob mir bald, ich weiß nicht welches
Ersehnte Glück begegnen soll.

Hat gar den Weg zu mir gefunden
Die süße Liebe, die ich oft
Im Traume sah, und in den Stunden
Der Einsamkeit ersehnt, erhofft?

Wo glänzt mein Stern? Im Bild des Schwanen,
In Berenice's Locken? Ja!
Ich fühl's, es trügt mich nicht mein Ahnen,
Du liebst mich, und du bist mir nah'!

3.

Schön, wie auf griechischen Inseln der Tag
Wäre mit dir mir das Leben,
Doch nur dem Muth, der das Kühnste vermag,
Wird auch die Blüthe, die schönste, gegeben.

Mitten im Sturm, der die Völker zerwühlt,
Der mich bald da und bald dorthin verschlagen,
Hab' ich dein Herz an dem meinen gefühlt;
Was nun auch komme, nun kann ich's ertragen.

———

4.

Nicht jenes Zaubernetz, gesponnen
Aus deinem schönen Lockenhaar,
Auch nicht dein leuchtend Augenpaar
Hat so mein Herz für dich gewonnen,
Nein, eine Schönheit höh'rer Art,
Die immer mehr sich offenbart.

Der reine Werth, dein innres Leben,
Der Seelenadel, der dich schmückt,
Das ist's, was mich an dir entzückt;
Und beben muß ich, tief erbeben,
Es beugt mich der Gedanke fast,
Daß du mich lieb gewonnen hast.

———————

So schön bist du, ein Diamant
In deinen Locken schien entbrannt
Von deinem Blick zu funkeln;
Mir ist, wenn ich dich sehe,
Es müßte sich verdunkeln
Ein Glück so stolzer Höhe;
Du neigtest, du
Dich hold mir zu?
Verbirg dein schönes Angesicht,
Denn ach, dich lieben darf ich nicht!

Dein Auge strahlt so sanft und klug!
O möchte nie der schwere Flug
Des Grams auf deine Seele sinken!
Der Baum, zu dessen Zweigen
Die Genien niedersteigen,
Soll dich in seinen Schatten winken —
Gesang umwallt
Dich Huldgestalt —
Verbirg dein schönes Angesicht,
Denn ach! dich lieben darf ich nicht!

6.

Es überrascht mich oft von dir ein Wort
Wie eine Wunderblüthe;
In deinem sinnigen Gemüthe
Entdeck' ich fort und fort
Ein neues Gold der Seelengüte.

Und immer wieder komm ich zu dem Schluß,
Daß ich von Tag zu Tage
Dich höher stets im Herzen trage,
Ja, wie beim ersten Kuß, —
Ob ich auch deiner werth, mich frage.

———

7.

Spät noch, wenn schon längst verklungen
Alle Saiten am Clavier,
Zittert noch, was du gesungen
Durch die tiefste Seele mir;
Führt mich über Meeresweiten,
Söhnt mich aus mit dem Geschick,
Und verknüpft mir alle Zeiten
Mit dem schönsten Augenblick.

Ja noch mit der tiefen Wunde,
Die dein ernstes Wort mir schlug,
Preis' ich ewig hoch die Stunde,
Die dich mir entgegen trug;
Frevel wär' es, mehr zu sagen,
Doch es kühlt die bange Gluth,
Daß wir auch noch im Entsagen
Uns verstehn — ach gar zu gut!

8.

Was früher ich an dir durch Haß verschuldet,
Vergüten möcht' ich's dir viel tausendmal,
Doch fürcht' ich, mehr als vorher du geduldet,
Bringt meine Liebe dir nur Leid und Qual.

O wenn du denn von meinem Haß gelitten,
So räch' dich jetzt, und hasse mich dafür,
Ich möcht' dich selbst, o Engel, darum bitten,
Doch fürcht' ich leider, du gewährst es mir.

Denn welche Bitte kannst du mir versagen,
Wenn du mich liebst? Nur diese, sagst du — nicht,
Wie aber soll den Vorwurf ich ertragen,
Daß meine Liebe dir nur Dornen flicht?

———————

Daß ich führ' dich zum Altare,
Eines Andern Braut? Nein, nein!
Meinem Herzen, Kind! erspare
Solches Leid — Nein, Gott bewahre,
So stark will ich doch nicht sein!

Dir entsagen, dich verschmerzen,
Will's die Pflicht, so sei's vollbracht,
Doch nicht sag' zu meinem Herzen:
Leucht' mit deinen Trauerkerzen
Meiner frohen Hochzeitnacht!

10.

Zum Morgenstern an dunkler Himmelsschwelle
Sprach sanft die Meerfluth im Gekos der Welle:
„O Stern der Liebe, bleibe mir noch hold,
Verström' in meine Nächte noch dein Gold!"
„Nein! nenn' mich Sünde," sprach der Flammenhelle,
Indem er seine Strahlen von sich warf,
„Daß ich vor dir erbleichen darf!"
Und sterbend sank er in den Schooß der Welle.

11.

Durch die Winternacht allein
Wall' ich spät noch meine Pfade,
Hie und da ein Flackerschein
Aus den Häusern am Gestade. —

Immer selt'ner brennt noch Gas,
Oeder werden Straß' und Brücken,
Oed' und stiller — was ist das?
Was erfaßt mich, welch Entzücken!

Silberspur vom kleinsten Schuh
Hat der Schnee hier frisch empfangen,
Wüßt' ich nicht, du schlafest, du —
Glaubt' ich, wärest hier gegangen.

Oder suchtest du im Traum
Mich vielleicht zu überholen? —
Diamanthell blitzt der Saum
Um die Spur der kleinen Sohlen.

Wie es sei, ich folge nach —
Und wohin werd' ich geleitet?
In das schönste Schlafgemach,
Teppiche sind ausgebreitet.

Und ein Vorhang wallt herab,
Hinter dem mit mattem Flimmer,
Wie vor einem heil'gen Grab
Leuchtet einer Lampe Schimmer.

Leise, daß du nicht erwachst —
Lüft' ich ihn, allein zum Glücke
Bist du wach noch, und du lachst:
„Komm, daß ich ans Herz dich drücke!“

12.

Voll von Gold und edlen Stoffen,
Von Juwelen wunderbar
Liegt die weite Welt mir offen,
Als ein prächtiger Bazar.

Könnt' ich, was ich wollte, wählen,
Wählt' ich wohl für mich und dich:
Dir die Perlen und Juwelen
Und dein goldnes Herz für mich.

13.

So selig zu plaudern, daß Stunden
   Wie Träume vergehn,
Wie rasch dann die Zeit entschwunden,
   Am Dunkeln der Kerze nur sehn,
Das ist's, was so traulich uns macht
Die sausende, brausende Winternacht.

Zu plaudern und wieder versunken
   In uns allein,
Von innerster Wonne trunken,
   Vertieft in Gedanken sein, —
Das ist's, was zum Frühling uns macht
Die sausende, brausende Winternacht.

Zu scheiden, das Hausthor entriegeln,
   Und scheidend das Glück
Mit einem Kusse besiegeln,
   Ein Gruß noch, ein Wink noch zurück! —
Lebt wohl, o Stunden, so selig verbracht
In der sausenden, brausenden Winternacht!

Ja, einmal nimmt der Mensch von seinen Tagen
Im voraus schon des Glückes Zinsen ein,
Und spricht: ich will den Kranz der Freude tragen,
Mag, was darauf folgt, nur noch Asche sein.
Die vollen Becher! Laß uns Alles wagen!
Ja einmal will ich auf den Mittagshöh'n
Des Lebens stehn, und dann am Ende sagen:
    Wie war es doch so schön!

Wie war der Traum so schön! Da wir uns liebten,
Da blühten Rosen um den Trauerzug,
Im Schaum der Tage, die sonst leer zerstiebten,
War eine Perle, reich und stolz genug.
Ich will den Arm um deinen Nacken schlingen,
Und durch die Ferne der Erinnrung tön':
Kann keine Zeit das Glück uns wiederbringen —
    Wie war es doch so schön!

————————

15.

Holdseliger Mund der Liebsten mein!
Du bist so sanft gebogen, so fein
Wie der Mond am Himmel, dich müssen
Bewundern, die dich schau'n; doch ich allein,
   Ich darf dich küssen.

Holdseliger Mund der Liebsten mein!
Dein Lächeln nimmt alle Herzen ein,
Du sprichst in Bildern und kühnen Schlüssen,
Die Alles bezaubern; doch ich allein,
   Ich darf dich küssen!

Das Köpfchen still und sanft gesenkt,
Wohin sie sich wohl träumt und denkt? —
Wohin die dunkeln Augen schauen,
Da blühen, ist's ein fernes Land,
Gewiß nur Palmen, und auf Auen
Gehn schöne Menschen Hand in Hand. —

Und ist es eine ferne Zeit,
So war sie Großem nur geweiht;
Da traten Helden auf, und stritten
Für ihrer Menschheit höchstes Gut,
Und Engel oder Heil'ge litten
Den Opfertod mit hohem Muth.

Der Schönheit steht ihr Stolz so schön!
Wie für den Aar die Bergeshöh'n,
Wie für den Himmel die Gestirne,
Und Andacht für ein rein Gemüth,
So birgt auch deine schöne Stirne
Nur eine Welt, die herrlich blüht.

Wenn aber dein Gedanke ruht
Auf einer Seele, der du gut —
O welch ein Himmel mag darinnen
Dein treues Abbild, stolz und rein
Fernab von allem Erdensinnen,
Und welch ein hohes Leuchten sein?

17.

Es sank ein Tag zur Ruhe nieder,
Ein Tag, der uns gar hold gelacht,
Wir fanden uns so innig wieder,
Wie stets ich mir das höchste Glück gedacht;
Nun schließe dir die Augenlider
Ein süßer Schlaf — mein Engelskind, gut' Nacht!

Sanft mögen dich hinüberziehen
Ins Reich des Traums mit ihrer Macht
Beethovens große Melodien,
Und Alles, was uns Leid und Schmerz gebracht,
Vergessen ist's, versöhnt, verziehen,
Schlaf' wohl! schlaf' wohl! mein Engelskind, gut' Nacht!

18.

Muß ich schon so früh vom Leben
Unbeweint und ruhmlos fort?
Deine Schönheit zu erheben
Sei mein letztes Wort.

Nie werd' ich dich wiedersehen,
Weder hier noch dort,
Meine Liebe dir gestehen
Sei mein letztes Wort.

In deinen schönen Augen bebt die Trauer,
Weil alles hinstirbt, was die Seele liebt,
Weil auch dem reichsten Geist nicht länger Dauer
Der Tod, als jedem andern Dasein gibt.
Weil ein so niedres Ende — Grab und Modern
Den Glanz von Ruhm und Schönheit überdeckt,
Weil mitten in der Freudenflamme Lodern
Der Schauder vor dem Nichtsein uns erschreckt.

Den Tod wird nie die Menschheit überwinden,
Auch nicht an einem jüngsten Tag, genug —
Wenn nur ein Licht wir in dem Dunkel finden,
Womit die Furcht uns einhüllt und der Trug,
Genug, wenn uns erleuchtet der Gedanke,
Daß nur ein Nichts ist, was der Tod uns nimmt,
Das Nichts, das uns durch seine Schranke
Zu dem, was wir hienieden sind, bestimmt.

In uns das Eigenste geht nicht verloren,
Das reine Selbst und Wesen, ein Gehalt

Wird ewig wieder ein= und neu geboren,
Und neu erblüht selbst irdische Gestalt.
Der ew'ge Bildungstrieb im Schöpfungsleben
Wird immer wieder, was er schuf und schafft,
Und immer wieder zu erneuern streben,
Vollkommner nur, und höh'rer Eigenschaft.

O daß dein schönes Auge bebt in Trauer,
Weil alles hinsinkt, was die Seele liebt,
Dies eben ist die Bürgschaft ihrer Dauer,
Ist die Gewährschaft, die sie selbst sich gibt;
In dieser Wehmuth regt sich schon die Schwinge,
Die einst durch Grab und Erdendunkel bricht,
Und in der Thräne um das Loos der Dinge
Blinkt schon der Strahl von einem höhern Licht.

20.

Ich fühl's mit Stolz, daß ich nicht wohlverwahrt
Wie jene bin, die stets verschont geblieben
    Im Leben, wie im Lieben,
Daß keinen Schmerz das Schicksal mir erspart!
Erfinderisch, mit ausgesuchten Qualen
Hat mich's verfolgt noch bis zuletzt,
Und immer dann am tiefsten mich verletzt,
Wenn's mir gelacht mit seinen hellsten Strahlen.

Ich richte kühn mich vor den Blitzen auf,
Und sage: trefft! und zu den Stürmen:
    Laßt eure Wogen thürmen!
Stürmt fort, rast fort, ihr haltet mich nicht auf!
Und zu den Augen, die so stolz und groß
Mein Herz bedroh'n mit tödtlichem Verderben,
Zu deinen Augen sag' ich: schönes Loos,
Von eurer Gluth versengt dahinzusterben!

————

21.

Tritt her ans Licht der Sterne!
In ihrem sanften Licht
Erblick' ich gar so gerne
Dein liebes Angesicht.

Tritt her ans Licht der Sterne!
Mit ihrem sanften Licht
Vergleich' ich gar so gerne
Dein liebes Angesicht.

Tritt her ans Licht der Sterne!
Vor ihrem sanften Licht
Ach küss' ich gar so gerne
Dein liebes Angesicht.

Ich habe dich immer lieber,
Je tiefer der Abgrund klafft,
Das ist das Todesfieber,
Die Hölle der Leidenschaft.

Du Engel, an den ich glaubte,
Hauchst mich versteinernd an,
Vor deinem Medusenhaupte
Erstarrt mein schönster Wahn!

Ach, daß ich es nicht wüßte,
Du kindliche Gestalt,
Du Blume, die ich küßte,
Auch du bist todt und kalt!

———————

Gebrochen ist dein Herz, ich weiß es wohl,
Ich hör' ja die zerriss'ne Saite schwirren,
Ich seh' den Wahnsinn, o ich seh' ihn wohl
Durch deiner Wimpern Nacht im Dunkel irren.

O deine Hand ist kalt, und Fiebergluth
Durchrast den Puls, von deinem schönen Leben
Blieb nichts mehr, als ein stolzer Todesmuth,
Und deiner Lippen schmerzliches Vergeben.

Ein Zug um deine Lippen ist so hart,
Und wie dein Loos so voll der herbsten Herbe,
Du lächelst, doch dein Lächeln ist erstarrt,
Es zeigt nur, daß es noch mit Anmuth sterbe.

Deine Thränen sind nicht umsonst geflossen,
Es ist ein Zauber der Poesie
Um deine tiefbraunen Locken ergossen,
Die dich umwogen wie Melodie.

Es hätten um dich in alten Zeiten
Die Ritter gekämpft im Gottesgericht,
Es wäre von Sängern in hallenden Saiten
Erklungen um dich das Minnegedicht.

25.

Auf manchem Bild von altberühmten Meistern,
Wo schöne Frauen abgebildet sind,
Kann mich ein Zug im Antlitz hoch begeistern,
Weil ich es ähnlich mit dem deinen find'.

In Raphaels holdseligen Madonnen,
In Tizians Mädchen ist ein Sonnenstrahl
Von deiner Anmuth mit hineingesponnen,
Und deinem Blick begegn' ich jedesmal.

Hast du gelebt vor mehr als hundert Jahren,
Und nun durchbricht, wie du geblickt, gelacht,
Ein Abglanz noch von dort in sonnenklaren
Gedanken des Vergessens dunkle Nacht?

Wenn um die Burgruine
Der Drossel Schlag verstummt,
Und nur noch eine Biene
Um ihre Blumen summt, —

Wie streif' ich dann so gerne
Durch Dickicht und Gestein,
Nur über mir die Sterne,
Und nur mit dir allein.

Im Thal noch zirpt die Grille,
Fern rauscht ein Wasserfall,
Hier oben in der Stille
Lebst du nur und das All.

———

27.

Marmorbilder, still und groß,
Schauen durch des Gartens Dunkeln,
Zwischendurch sprüht ruhelos
Rother Fackeln düstres Funkeln.

Wie du bang an mich gelehnt
In die Gluth blickst, o ich fühle,
Was sich dein Gemüth ersehnt —
Ruhe suchst du, Herzenskühle.

Von der Erde düstrem Streit
Sehnest du dich nach der mildern
Ruhigen Erhabenheit,
Wie sie strahlt von jenen Bildern.

Aber lauter durch die Nacht
Vor dem wilden Feuerscheine,
Vor der kalten Marmorpracht
Pocht mein jauchzend Herz ans deine.

Götterruhe — ach ist nicht
Menschenherzen hier beschieden,
Doch dafür in Nacht ein Licht,
Und nach Stürmen uns ein Frieden.

28.

Leuchtender als Diamant,
Weißer als der Sylphe Schleier,
Brennt in mir, von dir entbrannt,
Das geheimnißvolle Feuer.

Hals' und küsse! — träum' indeß der Leuchter!
Wenn die Morgenlüfte nah'n,
Blickt aus deinen Augen feuchter,
Goldener der Tag mich an.

29.

Die Liebste mit lieblichem Lächeln
Hat meinen Schlummer bewacht,
O hellgestirnter Aether,
O einzig schöne Nacht!

Ich sah sich über mich neigen
Im Traum ihr holdes Gesicht,
Das sorgende sinnende Schweigen
Erschien ihr so süße Pflicht,

Ich bin an einem Verräther,
An ihrem Kuß erwacht,
O hellgestirnter Aether,
O einzig schöne Nacht!

30.

Wie blinkte durch die Nacht
Um deinen Hals gewunden
Der goldnen Kette Pracht!
Wie flogen uns die Stunden!

Durch heller Bäume Glanz
Erklang Musik herüber,
Und ging so eigen ganz
In unser Schwärmen über.

Was wir uns da entdeckt,
Wie viel wir uns vertrauten,
Wie viel wir halbversteckt
Erriethen und durchschauten!

Zur Maske ward das Wort,
Zur heitern, bald zur ernsten,
Und wob sich spielend fort
Bis zu der Sterne fernsten.

Oft sah uns an im Flug
Aus düstrem Schlangenhaare
Ein Schmerz, o groß genug
Für lange Leidensjahre!

Doch sank davor sogleich
Ein Elfenschleier nieder,
Und ließ uns in ein Reich
Des Glücks und Friedens nieder.

In einem Augenblick
Kam Freud und Leid wie Wogen
Der rauschenden Musik
An uns vorbeigeflogen.

Vorbei flog frühe Zeit
Mit goldnen Kinderjahren,
Und Zukunft im Geleit
Bekränzter Hoffnungsschaaren.

Vorbei flog Sturm im See,
Und Fels und Palmenküste,
Indeß ich, süße Fee!
Dein Händchen hielt und küßte.

Muß ich schon gehen?
Wie beb' ich vor Sorgen,
Dich wiederzusehen!
Wie lang ist's bis morgen!
Wie viel kann geschehen,
Was Niemand gedacht
   Ueber Nacht!

O siehst du noch blühen
Die Sterne dort oben,
Wie viele, die glühen,
Sind morgen zerstoben,
Und müssen versprühen
Die funkelnde Pracht
   Ueber Nacht!

Wie oft bis die Glocken
Am Morgen erklangen,
Ergrauten schon Locken,
Und bleichten schon Wangen,

Und fielen Schneeflocken!
Fällt Ruhm nicht und Macht
   Ueber Nacht?

Und muß ich jetzt scheiden,
Und muß ich bis morgen
Dich Liebste meiden,
So theile die Sorgen
Der Liebe, der Leiden
Unendliche Macht
   Ueber Nacht!

Auf schwarzer Wolke schimmert fern
Der letzte Strahl der Abendgluth,
Durchs Dunkel glimmt ein holder Stern
 Und leuchtet aus der Fluth;
Sein Blick grüßt wie durch Thränen mich,
Als schlüg' mein Herz nicht mehr für dich.

Ich suchte dich, o du mein Licht,
Du zarte schwebende Gestalt,
In manchem bleichen Angesicht,
 Das mir vorbei gewallt,
Bei Trauernder Vorübergehn
Da glaubt' ich immer dich zu sehn.

Ich sucht' in all' den Gärten dich,
Wo ich einst froh dich sah,
Dort fragt' bei allen Lippen ich:
 O kamt ihr irgend nah
Den bleichen Wangen, sagt, o sagt,
Daß hier ein treues Herz noch zagt! —

Vom dämmernden Gebirge sinkt
Ein Schatten in den tiefen See,
Er sag's dem Sterne, der da blinkt,
  Daß noch in stillem Weh
Mein Herz um dich Geliebte bangt,
Und sehnlich nur nach dir verlangt.

33.

Ob rauh der Herbst schon haucht,
Und kühl die Erde ruht,
Noch wie im Sommer taucht
Der Schwan sich in die Fluth.

Er badet im Krystall
Der Wellen seine Brust,
Der welken Blätter Fall
Verdirbt ihm nicht die Lust.

Auch Liebe, treu und wahr,
Hat vor dem Frost nicht Scheu,
Sie bleibt im späten Jahr,
Im Unglück noch getreu.

———————

34.

O stumm ist die Ferne, da dringt
Kein Gruß mehr ans sehnende Herz,
Und kein Gedanke bezwingt
Den tödtlichen Schmerz.

Kein Händedrücken, kein Wort
Scheucht vor dem harten Geschick
Die Sorgen, das Bangen mehr fort,
Kein Lächeln, kein Blick! —

Es dämmert, es neigt sich der Tag,
Der Glanz in den Wolken erblich;
Wer wär' jetzt, o Liebliche! sag',
Wer wär' jetzt um dich?

Wer böte dir jetzt den Arm,
Und hieße dich tausendmal sein?
Und wiegte dann innig und warm
In Schlummer dich ein?

Und wer — seines Glückes bewußt —
Wer böte, beseligt wie du,
Dir seine hochklopfende Brust
Als Kissen dazu?

Gedenkst du noch sein, mein Kind,
Des Aermsten, der jetzt allein
Hinstürmt in Wetter und Wind,
Gedenkst du noch mein?

35.

Erster Schnee und Abendschimmer
Blinkten durch die Fenster ein,
Zum Klavier erklang durchs Zimmer
Deine Stimme voll und rein.

So, so war's, in solchen Stunden
Hat der Liebe Frühlingskeim
Unsre Herzen aufgefunden,
Ganz verborgen, ganz geheim.

Durch die Stube dämmert wieder
Schneelichthelle Winterruh',
Jene Saiten klingen wieder
Nimmer, ach, dein Lied dazu.

Jeder Ton ruft alle Schwingen
Meiner tiefsten Sehnsucht wach,
Ach, dein allerliebstes Singen
Geht mir ewig, ewig nach.

Wüthend jagen Sturm und Schloßen
Durch der Berge Tannennacht,
Mühsam mit den müden Rossen
Zieht durchs Thal ein Wagen sacht.

Mit den Nebelwolken ringend
Taucht der blasse Mond hervor,
Und ein Posthorn, lustig klingend,
Tönet aus der Schlucht empor.

Blase nur die schönsten Stücke!
Morgen, guter Postillon —
Hab' ich mit dem Tagesblicke
Meines Liebsten Briefe schon!

37.

Die Erde spricht:
Ich liebe die Menschen, ich altre nicht
In Fülle schöpferischer Gaben,
Ich geh' mit Keinem ins Gericht,
Es werden Alle, wie sie seien, schlicht
In meinem Schooß begraben.

Die Sonne spricht:
Ich liebe die Menschen, ich scheide nicht
Von ihrem Anblick ohne Zaudern,
Ich schenke noch den Wipfeln Licht,
Wenn vor der Nacht, die Alles bald umflicht,
Die Wesen tief erschaudern.

Das Weltmeer spricht:
Ich liebe die Menschen, ich schweige nicht!
Wenn in der Oede nichts als Schrecken
Sich zeigen ihrem Angesicht,
Dann weiß ich murmelnd ein Gedicht
In ihrer Brust zu wecken.

Zerrisse je das Liebesband,
Das unsre Herzen hält verbunden,
Dann bleib' kein welkes Treuepfand
Als Trauerrest der schönen Stunden:

Kein Katafalk, auf dem noch lang
Zur Schau läg' unsre todte Liebe,
Kein Angedenken, nicht ein Klang,
An dem der Schmerz verewigt bliebe.

Was aus ist, sei der Nacht zum Raub,
Vergessen sei es und versunken,
Und übrig bleibe nicht ein Staub,
Und nicht ein Hauch, und nicht ein Funken!

Seelen mißt man nach der Tiefe,
Wie die Seen, wie das Meer;
Dunkle, räthselhafte Briefe —
Wer löst eure Siegel, wer?

O da ruh'n, in sich gewunden,
Schlangen wilder Leidenschaft,
Schlafende, vergeff'ne Stunden,
Goldne, früh dahingerafft.

Wer erweckt sie, die da schliefen,
Ruft sie auf zur Wiederkehr?
Wer ermißt des Herzens Tiefen,
Wer den Himmel, wer das Meer?

Der Morgen ist so rein, so schön!
Es wogt in den Wellen der brausende Föhn,
Ich seh einen Stern, er sinkt in die Fluth,
Der Stern und ich, wir kennen uns gut.

O hätte mir stets geleuchtet sein Glanz,
Mein Leben wäre noch voll und ganz,
So aber ist es entzweit, zerstückt,
Gebrochen, verarmt und ungeschmückt.

Das Höchste hab' ich erreicht, erjagt,
Das Schönste aber bleibt mir versagt;
Ich habe errungen ein glänzendes Loos,
Es findet mich müd und freudelos.

Die mit mir theilen könnte mein Glück,
Die wendet sich ab und schaut zurück,
Sie schaut zurück an schön'res Gestad,
Zu rauh erscheint ihr mit mir der Pfad.

Ihr Herz ist mir fremd, es ist nicht mein,
Ich gehe bergab, ich geh allein;
Der Morgen ist so schön, so schön,
Es wogt in den Wellen der brausende Föhn.

So trostlos muß ich von dir gehn?
Du sagtest nicht „auf Wiedersehn!"
Ich fühle mich wie schuldbewußt,
Ich fühl' mich dir so ferne;
Die Nacht ist schwül, wie meine Brust,
Vom Himmel fallen die Sterne.

Allein und finster schreit' ich fort,
Versunken ist mit dir mein Hort;
O daß ich dich verlieren mußt'
In solche Seelenferne!
Die Nacht ist schwül, wie meine Brust,
Vom Himmel fallen die Sterne.

Mit welchem Wort noch kann ich dich versöhnen,
Mit welcher Stirne muß ich vor dir stehn?
Verachte mich, auch das muß ich gewöhnen,
Nur laß' noch einmal mich in deine schönen,
In deine großen blauen Augen sehn.

Unwürdig deiner hab' ich dich gewonnen,
Nun trifft der Fluch dafür, ich seh' versiegt
Die Lebenslust, versiegt den Lebensbronnen,
Und Glück und Hoffnung in den Sand zerronnen,
Der Reue Schlangen nur in Schlaf gewiegt.

Es ist in mir, wie jene bange Stille,
Nachdem ein greller Blitz die Nacht durchflammt,
Gebeugt, gebrochen ist mein starker Wille
Und ach, anstatt daß sie die Qualen stille,
Hält sich Empfindung selbst — von sich verdammt.

Ja fliehe mich! Ich will dir frei entsagen,
Weil nur dein Wohl mein Thun bestimmen muß,

Ja fliehe mich, ich will es stumm ertragen,
Und nichts mehr will ich, als zu seufzen wagen:
Nur gib mir einmal noch, noch einen Kuß! —

Nein, keinen Kuß! Es soll mein Elend krönen,
Wenn du mir streng befiehlst von dir zu gehn,
Und nur ein sterbend Echo soll's noch tönen:
O laß noch einmal mich in deine schönen,
In deine großen blauen Augen sehn.

Je dunkler, je schattiger ein Baum,
Um so lieber singt ein Vogel darauf,
Je schwermüthiger, je düstrer ein Traum,
Um so lieber wacht man auf.

Je härter, um so edler der Stein,
Je milder, je mehr gebrochen
Ein edles Herz von Pein,
Um so tiefer und stiller sein Pochen.

Wem ein großes Leid geschehen,
Der wird ewig elend sein,
Blumen kann man wieder säen,
Herzen, die uns recht verstehen,
Wenn uns die verloren gehen —
Den Verlust bringt nichts mehr ein.

Dann erst, wenn sie uns gebunden,
Sinkend und gebrochen fand,
Schließt die letzten unsrer Wunden
Heilend uns des Todes Hand.

Wo ist der, der ohne Fehle,
Schuldlos aus dem Leben ging?
Seine freigebor'ne Seele —
Rettend, wie er sie empfing?

Unverletzt stirbt keine Blüthe,
Nicht der Eichbaum ungebeugt,
Und vom Feuer, daß es glühte,
Ist's die Asche, die's bezeugt.

Zum Tribut dem Staub verpflichtet,
Achten wir sein streng Gebot,
Wenn wir ihm den Zoll entrichtet,
Nimmt uns auf das schwarze Boot.

45.

Beneidet sollst du sein, und glücklich scheinen,
Im Stillen aber sollst du weinen, weinen.

Ein schweres Kleid von Seide sollst du tragen,
Und wenn es rauscht, so höre meine Klagen.

Schwing dich im Tanz, und willst du schlafen gehen,
So soll vor dir mein bleicher Schatten stehen.

Und wie ein Dolchstich soll es dich durchbohren,
Daß ich für dich verloren bin, verloren.

46.

Störe meine Ruhe nicht,
Denn ich bin für dich gestorben,
Nicht für dich nur, Welt und Pflicht —
Alles ist für mich verdorben.

Decke nun Vergessenheit
Alles, was erinnern könnte
An die schöne holde Zeit,
Da dich mir der Himmel gönnte.

Als ich dir ins Auge sah,
Als ich stürmisch mit Entzücken,
Wenn es hieß, du seiest da,
Aufsprang, dich ans Herz zu drücken.

Ach ein zweiter Frühling nur
War dies schönste Glück auf Erden,
Und so soll auch jede Spur
Ausgelöscht, vergessen werden!

Lächeln noch im Angesicht,
Fleht dich meine letzte Klage:
Störe meine Ruhe nicht,
Nicht das Grab verklung'ner Tage.

Wo deine Stimme klang,
Wo dein Gesang
Die Nächte mir versüßte,
Da hallt nun bang
Mein Seufzen in die Wüste.

Es wächst an jedem Ort
Das Unkraut fort,
Die Blume bei der Mauer
Verwelkt, verdorrt,
Ein Abbild meiner Trauer.

Es fehlt der Wink, die Hand,
Die sonst verband,
Mein Garten liegt darnieder,
Die Lust entschwand,
Denn du kommst nicht mehr wieder.

In der Erde dunklem Schacht
Leuchten hell die Edelsteine,
In der Seele tiefster Nacht
Oft Gedanken, sonnenreine.

Eine todte Sonne spricht
Aus dem funkelnden Juwele;
Deine Liebe warf ein Licht
In den Abgrund meiner Seele.

————

Heut' ist so wieder recht ein Tag,
Um über dich zu weinen,
Ach, was ich thun und denken mag,
Gestalten seh' ich, wie sie uns im Traum erscheinen,
Wenn wir sie anzureden uns bemühn,
Zerfließen sie wie Nebel, und entfliehn.

———

Wenn all des Leides ich gedenke,
Das diese Liebe über mich gebracht,
Wenn ich in diese Schmerzensnacht
Den Blick hinunter senke,
Dann kommt's mir vor, als ob verdüstre
Den Himmel deiner Schönheit dieses Weh,
Wie Bergesschatten einen See,
Als ob zu mir ein Dämon flüstre,
Was? weiß ich nicht, ich weiß das Eine,
Das Eine nur, daß ich bir Alles gab,
Ich hab' mein Herz an dich, ich hab'
Verloren meine Seele an die deine.

51.

Nur gespielt mit meinem Schmerze —
So? nur so gespielt hast du —
Und gelacht dazu?
Untreu wurdest du zum Scherze?
Ostern ist's, o du mein Leben,
Sterben möcht' ich, sterbend dir vergeben.

———

52.

Unten im fröhlichen Reigen
Klingen zum Tanze die Geigen,
Jubelt der Hörner Schall,
Oben im Käfigte schmachtet
Einsam und unbeachtet
Klagend die Nachtigall.

Siehe auch ich so, trage
Einsam im Herzen die Klage
Meiner Liebe zu dir,
Ferne den Freuden im Schweigen
Einsamer Nacht, von den Zweigen
Flüstert dein Gruß zu mir.

———————

Wenn dieser Lavaschmuck dir, Holde,
   Am Busen ruht, dann stehle sich
Ein Strahl vom wärmsten Sonnengolde
   In deine Brust, dann denk' an mich!

Gewalt'ge Feuer, längst verglutet,
   Erkalteten in dies Gestein;
So sieh mein Herz, das längst verblutet,
   Noch dein, noch in der Asche dein!

Was mir auch sonst zum Glück noch fehle,
Wie oft du mir auch wehgethan,
Den tiefsten Ton, den Grundton deiner Seele,
Schlugst du doch stets für mich nur an;
Ja doch für mich nur, und es riefe
Vom Tod zurück mich dieser Laut,
Du bist der See, du bist die schöne Tiefe,
In die mein Blick beseligt niederschaut.

55.

Vom dunkeln Lorbeer ernst umwunden,
Erblick' ich einst dein fremdes Bild,
Ich weiß nicht, was ich da empfunden,
Ein Schmerz durchfuhr mich jäh und wild.

Was war's, was mich so rasch bewegte —
Dein Bild? O deine Augen sah'n,
Des Schmerzes, den ihr Blick erregte,
Still unbewußt, mich lächelnd an.

War's eine Ahnung, die mit Beben
Schon damals meinen Geist durchdrang,
Es werde finden einst mein Leben
In deinem seinen Untergang?

Ja, wie dein Bild, du Siegesreiche!
Drückt deine Schönheit unbewußt,
Daß sie auch darin Göttern gleiche,
Den Tod mir lächelnd in die Brust.

56.

Komm und heilige du wieder
Meinen Garten mit dem Mai,
Meine Veilchen, meinen Flieder,
Lilien und Akelei!

Wo du wandeltest am Tage,
Weil' ich gern des Nachts allein,
Meine dunkle Lebensfrage
Fragend vor dem Sternenschein.

57.

Ohne Schuld ist nichts — kein Leben,
Doch auch ohne Hoffnung nicht,
Meine Hoffnung aufzugeben
Hält mich noch ein banges Licht,
Jenes Licht der Schwermuth, grambefeuchtet,
Das aus deinen sanften Augen leuchtet.

O so lang du noch die Frage,
Ob du glücklich, mir verneinst,
Und mit keiner lauten Klage,
Aber stumm dein Loos beweinst,
O so lang steht auch noch meinem Hoffen,
Meinem Lieben eine Zuflucht offen.

58.

Denken, und den goldnen Wein
In den Becher gießen,
Denken über unser Sein,
Und es froh genießen,

Denken in der Sternennacht,
Um uns her die Lüfte
Von der Blüthen vollster Pracht,
Und die Frühlingslüfte,

Denken — und den Schmerzenszug
Daß wir sterben müssen,
Scherzend im Vorüberflug
Dir vom Munde küssen,

Sei es so! Zu Plato's Zeit,
Laß hinab uns träumen,
Ueber der Vergessenheit
Zwei Momente säumen.

Ach auf so lang nur erblinkt,
Leuchtend zwei Minuten,
Unser Dasein und versinkt
In die dunklen Fluthen.

Ich sah dich, noch ein lieblich Kind,
Umflattert von der Unschuld Träumen,
Wie Knospen, die am Aufblühn sind,
Und schüchtern, aufzublühn, noch säumen;
Schon waren alle Reize dein,
Dich ahnungsvoll voraus zu schmücken,
Und wer dich sah, sprach mit Entzücken:
„Wie schön wird einst dies Mädchen sein!“

Ich sah dich wieder, Jahr und Tag
War unterdeß dahingegangen,
Anstatt der Jugendrosen lag
Ein stiller Gram auf deinen Wangen;
Doch welche Hoheit war noch dein!
In deinen Blicken, welche Sonne!
Ich sprach zu mir mit Schmerz und Wonne:
„Wie schön muß sie gewesen sein!“ —

Ich sprach dich — welche Milde floß
Und welche Anmuth dir vom Munde!

Wie standst du da, wie rein und groß,
Verhüllend deines Herzens Wunde!
Dein edles Herz, dies blieb ja dein,
Das wird dich stets am meisten schmücken,
Ich fühl's mit innigem Entzücken:
„So schön, so wirst du immer sein!"

Von Sehnsucht und von Mitgefühl erfüllt —
Wird niemals dich mein Geist verlassen,
Er würde dich auch nacht- und sturmumhüllt
Mit liebender Gewalt umfassen.

Und wärst du noch so fern von mir,
Wenn dich ein Leiden träf', es schreckte
Wie Donner mich empor, und weckte
Vom Schlaf mich auf, und riefe mich zu dir.

In sonniger Ferne flog der Traum
Von einem Himmel auf Erden,
Und schien im wehenden Blüthenflaum
Zur Wirklichkeit in Busch und Baum
Rings um uns her zu werden.

Es war ein Tag, so rein und zart,
Als habe sich gedichtet
Der Frühling eine Hochzeitfahrt,
Und liebend sich geoffenbart,
Und jeden Streit geschlichtet.

Es ruhte sanft auf meiner Hand
Dein Händchen in süßem Vertrauen,
So fuhren wir durch das schöne Land,
Hoch über uns zerfloß und schwand
Eine Wolke im Himmelblauen.

62.

Irre Bahnen auch dort oben
Wandeln Sterne regellos,
Und ihr Licht ist bald zerstoben,
Wie manch' thöricht Menschenloos.

Aber vor der Sonnennähe
Flieht des Chaos Nacht zurück,
Wenn ich dir ins Auge sehe,
Fühl' ich mein besiegelt Glück.

Sinkend schwebt der Mond in Schleiern
Trüber Wolken durch die Luft,
Rosen und Jasminblüth' feiern
Seinen Glanz mit süßem Duft.

Unbegrenzte Wünsche dehnen
Meine Brust, und regen, ach!
Glühender ein heißes Sehnen
Unbestimmter Wünsche wach.

Körperlos, ein Geisterleben,
Frei jetzt möcht' ich und allein
Ueber Berg' und Meere schweben,
Cherub oder Dämon sein.

Mit dem Sturz des Wasserfalles
Jauchzt' ich Nacht und Abgrund zu:
„Eine lieb ich über Alles!"
Und die Eine, die bist du.

Wärst du da, Geliebte, kühltest
Meine heiße Stirne sacht'
Mit der zarten Hand und fühltest
Mit mir diese schöne Nacht!

O des Mondes Licht erschiene
Nicht so trüb dort im Verglühn,
Denn die Rosen und Jasmine
Würden für uns beide blühn.

Winke dir im Sternenscheine
Meine Seele Frieden zu;
Ueber Alles lieb' ich Eine,
Und die Eine, die bist du!

Jetzt tauchst du schneeig lilienrein
Ins leichte Wellgekose
Die zarten Glieder ein,
Und blühst im Bad wie eine Rose;
Das Wasser, kaum berührt
Von deinem kleinen Fuße,
Schwillt, da es deine Nähe spürt,
Beseelt empor zu deinem Gruße.
Das aufgelöste Lockenhaar
Wallt über deinen Rücken,
Verschämt erblickt sich offenbar
Die Schönheit mit Entzücken.

Und während ich im Garten hier
Dies schreib' zu deinem Ruhme,
Naht sich ein schöner Falter mir,
Als wär' dies Blatt schon eine Blume.

Ewig frisch wehn Geisteswerke,
Ewig jugendlich uns an,
Leih'n uns neue Seelenstärke,
Wenn die Welt uns weh gethan;
Für ihr Schönes so empfänglich,
Und wie sie unsterblich sind,
Blühst auch du mir unvergänglich,
Ewig mir ein lächelnd Kind.

Schon wer dich kennt,
Und von dir spricht,
Ja, dich nur nennt,
Ist mir ein Fremder nicht;
Er ist mein Freund, und wär's der ärmste Mann,
Ich helf' ihm, wie ich helfen kann.

Du hast vielleicht
Auch ihm einmal
Die Hand gereicht,
Es fiel ein sanfter Strahl
Von deinen güt'gen Blicken auch auf ihn,
Das ist genug, daß ich ein Freund ihm bin.

Zum zweitenmal
Steigt dieses Jahr der Frühling nieder
Ins Erdenthal,
Die Rosen blühn, die Vögel singen Lieder,
Und ich, ach — liebe wieder,
Mit gleicher Lust und gleicher Qual
    Wie dazumal. —

Wie dazumal,
Als mir noch frohe Jugend blühte,
Der Sonnenstrahl
Ins Herz mir junge Lieder sprühte;
Ich glühe, wie ich damals glühte,
Es ist die gleiche süße Qual
    Wie dazumal.

Verstummt sind nun die Wogen,
Die lärmend uns getrennt,
Die Wolken sind verzogen,
Rein strahlt das Firmament,
Und wie in jenen Räumen
Wird's hier im Busen still,
Ich kann jetzt wieder träumen,
Und denken was ich will.

Ich denk' an dich! dein Wesen
Tritt lächelnd auf mich zu,
Was hat dich mir erlesen
Du seltsam Räthsel du?
Du selt'ne Blume sage,
Wie kamest du herein
In meiner armen Tage
Verspäteten Sonnenschein?

Ich denk' an dich, der Flieder
Vom Garten duftet her,

Die Blüthen dunkeln nieder
Von Wohlgerüchen schwer!
Was war, ist weggeschwunden,
Was trüb und düster war,
Es blühn der Liebe Stunden,
Im Aether hell und klar.

Ohne dich, was wär' mein Leben?
Elend lag ich, arm und krank,
Aber einen Zaubertrank
Hast du, Liebste, mir gegeben.

Draußen hat zu dieser Stunde
Mondlicht wunderbar geglänzt,
Und du hast ihn selbst kredenzt
Mit dem wundersüßen Munde.

Während ich davon genossen,
Hast du träumend zugeschaut;
War dein Blick das Zauberkraut,
Das du mir ins Blut gegossen?

Buhlend mit den Sternenblitzen
Ragt die große Stadt am Strom,
Rührt mit ihrer Thürme Spitzen
Hoch in den azurnen Dom.

Und geheime Zwiesprach' halten
Säulen mit den Geistern dort,
Mit vergangenen Gestalten
Redend manch' verklung'nes Wort.

Wirklich wird das längst Entschwundne,
Und in unumschränkter Macht
Herrscht die mondenglanzumwundne
Phantasie der Frühlingsnacht.

Wie Musik von fernher tönend,
Lösen sich aus ihrem Schoos
Lichtgedanken, weltversöhnend
Von dem Allgeheimniß los.

•

71.

Aus längst vergeſſ'nen Augen ſeh ich fließen
Viel ſtillgeweinte Thränen, ſchwermuthreich,
Aus fernen Zeiten ſeh ich mich begrüßen
Von ſcheuen Blicken, Wangen ſchmerzhaft bleich.

Wagſt du denn nicht, zu mir emporzuſchauen
Mit deinen himmelblauen Augen, Kind?
Magſt du denn nicht dein Leid mir anvertrauen,
Da wir doch beide gleich unglücklich ſind?

Wie du, ſo konnte nur die Tugend weinen,
So treulos konnte nur die Treue ſein!
So ſchuldig konnte nur die Unſchuld ſcheinen,
So thöricht nur ein Opfer ſich entweihn!

III.

Genrebilder.

Arabeske.

Auf blumiger Matte des Vorgebirgs schwebt
Der griechischen Jungfrauen Tanz
Entgegen der Sonne, die groß sich erhebt
In wolkenlos leuchtendem Glanz;
Rings über dem Hügel erblüht Oleander,
Und unten rauscht Meer und es wogt der Mäander.

Es ruhen die Söhne, die Töchter Homers,
Und sprechen im Schatten des Baums —
Athenen geweiht und dem Gotte des Meers —
Von den lieblichen Bildern des Traums;
Nur einem der Knaben, verfolgt vom Geschicke —
Ihm leuchtet kein Auge mit freundlichem Blicke.

Da wankt der Verlass'ne zum heiligen Hain,
Zum Tempel des Gottes Apoll,
Und horch, als er trat ins Heiligthum ein —
Wie die eherne Wölbung erscholl!
Nie wieder schritt in der Freunde Chor
Der Jüngling zu Reigen und Tanz hervor.

———

Adonis.

Adonis erreichend das Heer der Schatten,
Ward dort gefragt von Persephatten,
Was denn, so lang ihm das Leben gelacht,
Am meisten ihm Freude gemacht?

„Der Sonne Licht im Himmelblauen,"
Gab ihr Adonis zurück, „der Auen
Im Frühling neuprangendes Grün,
Und der holden Blumen Blühn.

„Des Mondes Glanz mit seinen Gestirnen,
Und dann die süßen Feigen und Birnen,
Die goldenen Aepfel am schattigen Baum,
Und der Purpurtraube Schaum!" —

„Wie? Venus nicht?" frug schmeichelnd
Persephone, den Knaben streichelnd,
„Doch möcht' ich lieber, als hier allein,
Dort Jene gewesen sein."

Aegina.

Wenn den Inseln Stürme drohen,
Zittert der Olive Blatt —
Alte Gräber der Heroen
Stehen draußen vor der Stadt.

Thyrier Schiffleut', reiche Lycier,
Purpur=Kaufherrn landen an,
Reiche Lydier, auch Phönizier
Die den Cerestempel sah'n.

Rothe Mäntel umgeschlagen,
Reiten Morgens früh aufs Land
Schöne Jünglinge zum Jagen. —
Segel nahet euch dem Strand!

Ach, daß ihr vorüberschifftet!
Orpheus hat der Hekate
Jährlich hier ein Fest gestiftet;
Io Bacche, Evoë!

Anrufung.

Uns hier im Wald voll Sommerduft,
Uns Badenden, Diana!
Blick' hold und wohlgesinnt!
Sei gnädig und besiegelnd!
Du selber weilst ja gerne
Am Bergsee mit Najaden,
Selene, lichte Göttin,
Wenn in dem Chor der Sterne
Du leuchtest allen Pfaden,
Und den von dunklem Epheu
Umrankten Felsgestaden.

———————

Der erste Seefahrer.

Gestrandet auf ödem Riff allein,
Und weh'! allein zu sterben,
Zu wissen, alle die Güter mein
Wird Meer und Fels nur erben!

Wohl halt' ich in Händen den Goldpokal,
Kein Tropfen mehr perlet im Grunde,
Und ach, vor Durst, im Sonnenstrahl —
Vertrocknet der Hauch mir am Munde!

Allein, in Durst und Hungersnoth,
In Reichthum und blühenden Tagen —
Im Elend zu enden — ist solch ein Tod
Der Lohn für kühnes Wagen?

So ruf' ich im Schmerz den wildesten Schwur
In Wind und Wellenrauschen,
Der ich zuerst das Meer befuhr,
Die Schätze der Länder zu tauschen.

Ich rufe des Meeres habsüchtige Wuth
Auf alle Sterblichen nieder,
Es sollen, aus Gier um Hab und Gut,
Sich knechten und morden die Brüder.

Und schwören werden sie falschen Eid,
Und kranken an jeder Verblendung,
Und siechen dahin in Haß und Neid,
In Geiz und Trug und Verschwendung.

Das Heiligste steh' in Kauf und Sold,
Zu kaufen sei Tugend und Ehre,
Und der Reichste sterb' inmitten von Gold,
Verlechzend, wie ich hier im Meere!

Erfindung des Glases.

Es lagerten Hirten der Wüste
Am Strand der phönizischen Küste
Um's Feuer, gelehnt an die Stäbe,
Beim Schaume der Kanaans-Rebe.

Sie schürten mit eichenem Stamme
Die mählig erlöschende Flamme,
Und sahen die salzigen Wellen
Zur Asche, der glimmenden schwellen.

Hoch rauschten des Cedernhains Wipfel
Auf Libanons sternhellem Gipfel,
Noch war nicht der Tempel errichtet,
Kein Anker am Strand noch gelichtet.

Es schliefen die glücklichen Hirten,
Nur Schwalben am Ufer hin schwirrten,
Im Hügelland grasten die Pferde,
Die Lämmer und Ziegen der Heerde.

Da rollte die Kürbisflasche
Dem Einen hinab in die Asche,
Die Asche mit glühendem Sande
Umgab das Gefäß bis zum Rande.

Es nahte die Welle, bespülte
Die Mischung, indeß sie verkühlte;
Sie ward in dem brandenden Schwalle
Zur Schaale von rauhem Krystalle.

Als früh sich die Hirten entwunden
Dem Schlaf, und das Wunder gefunden,
Da ward es von Kaufherrn erhandelt,
Die eben des Weges gewandelt.

Kleopatra an ihre Schlange.

Nilschlange, Tochter meines Landes,
Und eines Vaters Kind, komm du,
Besieglerin des Treuepfandes,
Und nimm auch mich, mich selbst dazu!
Komm her, und wie zur Trauer schlinge
Um meinen Arm die schwarzen Ringe!

Daß du mich würdest tödten können,
Das hat der Sieger nicht gedacht,
Der mir den Tod nicht wollte gönnen,
Deßhalb sei dir auch dargebracht
Bei diesem Todesfestmahl, Kleine,
Ein Weihetrank von dunklem Weine!

Du rettest mehr als Lanzenspitzen,
Und mehr als Dolche, züngle nur!
Es wird mein Stern noch einmal blitzen;
Dein Biß, sagt man, läßt keine Spur,
Die Spur von meines Todes Stunde
Schlägt Jenem eine tiefre Wunde.

Daß ich noch todt den Feind beschäme,
Bringt zu Antonius mich ins Grab,
Und legt in meinem Diademe,
In meinem Purpur mich hinab —
Ich sterbe — öffnet ihm die Thüre!
Octavian! Ich triumphire!

Othin.

Verfolgt vom Fluche der Rache flog
Ein Schiff im hohen Meer,
Mit Masten, die der Sturmwind bog,
Die Segel hin und her;
Und wie es durch die Wellen schoß,
Die Planken rissen los,
Die Männer mit dem langen Haar
Ersah'n, sich rüstend, die Gefahr.

Sie bohrten tapfer — Schaft an Schaft —
Die Lanzen in den Leck,
Und hielten mit der Schilde Kraft
Die Wellen vom Verdeck,
Sie kappten mit dem Beil die Last
Der Segel um den Mast,
Und warfen auf dem tiefen Sund
Die Ankerkette nach dem Grund.

Vergeblich war ihr Mühen all',
Und nahe schon der Tod,

Da schwang sich ihrer Stimme Schall
Zu Wodan in der Noth:
O Wodan, wo du gehst, du stehst,
In finstrer Nacht du wehst,
Besprich, beschwör' mit einem Wort,
Durch deine Macht den Sturm nimm fort! —

Was brauset durch die Luft einher,
Was kommt zu Hilf' geeilt?
Die Wolken, von Gewitter schwer, —
Sind alsobald zertheilt;
Das Schiff thut einen starken Ruck,
Es weicht der Gegendruck,
Es steigt, so hoch es steigen kann;
Wer ist der starke Steuermann?

Auf seinem Pferde, mit dem Speer,
Den schwarzen Mantel um,
Blickt Othin vom Gebirg aufs Meer,
Da wird der Donner stumm;
Er hält die Zügel unbewegt
Bis daß der Wind sich legt,
Sein breiter Hut verbirgt ihn nicht,
Es leuchtet sein Gesicht, das Licht.

Seebilder.

1.

Drüben hoch der Berge Spitzen —
Dort das alte Schloß im See,
Durch der morschen Thürme Ritzen
Sieht man bald die Wolke blitzen,
Bald die Möve, weiß wie Schnee.

O welch wunderbares Träumen,
Sehnliches Versunkensein!
Bei der Wellen lichtem Schäumen,
Die das Ufer lieblich säumen,
Glitzernd in dem Sonnenschein!

Dort einst an der Mauerwarte
Stund ein junger Kriegsgesell,
Neben ihm die Feldstandarte,
Sah er durch die Mauerscharte
Düster in das Seegewell.

Drüben auf dem Alpengute
Eine Maid gar hold und schön,
Blut'ge Röslein auf dem Hute,
Wandelt sie mit frohem Muthe
Jauchzend auf den Bergeshöh'n.

2.

Der See schlägt an den Felsen,
Was hat er ihm vertraut?
Von Sturm und Tod, von Dingen,
Wovor selbst Felsen graut.

Darob beschleicht ein Bangen
Den Felsen und ein Weh,
Er sagt zur Sonne: „Sonne!
Ein Mörder ist der See!"

Der See in stiller Ruhe
Vernimmt, was jener spricht,
Und Zorn und heißer Ingrimm
Verfinstern sein Gesicht.

Er rüstet seine Wogen,
Und stürmt zum Kampf empor,
„Verräther!" ruft er donnernd
Dem Felsen an das Ohr.

„Verräther!" ruft er — murmelnd
Rauscht's in den Wolken fort,
Und „Rache!" — wiederholt er
Und hält, er hält sein Wort. —.

Er lockert um den Felsen
Den Grund mit aller Macht,
Und wirft ihn in die Tiefe,
In bodenlose Nacht.

Ausblick.

Eine eigne Stadt hab' ich gesehen
   Ueber unsrer stehen,
Als ich von des Hauses Giebel heut'
   Ueberschaut die Dächer, rings zerstreut.

Diese alten Mauern, Zinnen, Thürme,
   Wohnungen der Stürme,
Fenster, dickbestaubt und längst ergraut,
   Und durch die kein Menschenblick mehr schaut.

Oben bei dem alten Uhrgehäuse
   Hausen Fledermäuse,
Feuersbrünste werfen ihren Schein
   In die braunen Ziegelrinnen ein.

Plaudernd raunt und rauscht von hier der Regen
   Seinem Sturz entgegen,
Kleine Blümchen, die noch niemand flocht,
   Hat die Neugier hier zu blühn vermocht.

Nur die Schatten Längstverstorbner nicken
   Hie und da, und blicken
Uralt und in längst verscholl'ner Tracht
   Aus den blinden Fenstern in die Nacht.

Verlor'ne Paradiese.

In den Herzen, hinter Mauern,
Wo man Länder glücklich pries,
Ueberall ist Grund zum Trauern,
Und verlor'nes Paradies.

In des Mädchens kleinem Schranke
Siehst du jenes weiße Kleid?
Ach! es blickt die arme Kranke
Oft darnach im bittern Leid.

Nie mehr, seit sie sich betrogen
Von dem Ungetreuen sah,
Nie mehr hat sie's angezogen;
Noch wie damals liegt es da.

War der Tag nicht schön und wonnig,
Lächelnd wie der Himmelsraum,
Wie der Unschuld Glück, und sonnig
Wie der ersten Liebe Traum?

Als es Abend ward, zerknittert
Lag ihr Kranz, sie weint' und schrieb: —
Und ihr Händchen hat gezittert —
„Lebe wohl du schöne Lieb!"

Kennst du dort den grauen Zecher? —
Seinen längst versunk'nen Hort,
Sein verlor'nes Heil — im Becher
Sucht er es noch immerfort.

Jener Blinde, seit den Zeiten,
Da sein Aug' das Licht verließ,
Sucht auf seiner Geige Saiten
Das verlor'ne Paradies.

In dem Garten dort die Bäume
Waren sie nicht wohl gepflegt,
Busch und Beet, und alle Räume
Wohlgeordnet und gehegt?

Jetzt ist Alles ausgestorben,
Ueberwuchert und verdorrt,
Alle Freuden sind verdorben,
Seit die schöne Herrin fort.

Auf dem Kiesweg, in der Laube,
Wo sie ging und niedersaß,
Schwirrt und girrt die wilde Taube,
Dicicht wächst und hohes Gras.

Nur wild blühende Reseden
Duften wie verirrt noch dort
Ueber dem verlor'nen Eden
Schwermuthvoll am öden Ort.

Oed sind auch die Stätten wieder,
Wo sonst Völkerglück gelacht,
Ueber Trümmer schwanken nieder
Weiden auf zerstörte Pracht.

In den Herzen, hinter Mauern,
Wo man Länder glücklich pries,
Ueberall ist Grund zum Trauern
Und verlor'nes Paradies.

Ein fataler Casus.

Zum Kreuzzug wollten holen
Prälaten aus dem Reich.
Den Herzog Curt von Polen;
Der aber sprach sogleich:
„Ihr Herrn, es ist mir nicht genehm,
Zu fahren nach Jerusalem.

„Ich kann mir nicht erwerben
Das Heil, wornach ihr sucht,
Ich würde vorher sterben —
Mein Durst ist so verflucht —
Und findet man, wie mir bekannt,
Kein Bier im ganzen Morgenland.

„Mein zimpferlicher Magen
Kann Wasser weder Wein,
Kann nur das Bier ertragen,
Und dort soll keines sein.
Ihr Herrn, nicht um ein Diadem
Zög' ich mit nach Jerusalem."

Hidalgo.

Du hast vor mir getanzt, Zigeunerin!
   Du göttliche Mänade!
Du schlangst so hübsch den Schleier um dein Kinn,
Und zeigtest deinen Fuß und deine schöne Wade,
   Ich wußte nicht mehr wo ich bin.

Du sangst mir auch dazu, du sangst
   In wunderbarer Weise!
Und wie du singend so dich hobst und schwangst,
Befand ich völlig mich in einem Zauberkreise,
   Ich hatte fast ein wenig Angst.

Dein Feuerblick, dein wallend Haar,
   Und unter deinem Lächeln
Die Perlenreihe, die wie Bergschnee war,
Und zwischen Rosen lag, dein Wink, dein lockend Fächeln,
   Das Alles brachte mir Gefahr.

Mir war, als müßt' ich dir sogleich
   Zu Füßen stürzen, nieder
In Staub vor dir. Hätt' ich ein Königreich,
Ich schenkt' es dir! O tanz' und singe doch noch wieder,
   Sonst werd' ich matt und todtenbleich! —

Verglimmen würd' ich wie ein Licht,
  Erlöschen und vergehen,
Wie eine Flamme, der's an Oel gebricht,
Wenn du mich nicht mehr liebtest. Dich nur sehen,
  Ist schon das reizendste Gedicht.

Die Beschwörung des Eifersüchtigen.

Auf ihr Teufel! und seid wach,
Meinen Nebenbuhler findet,
Schleicht auf Schritt und Tritt ihm nach,
Daß ihr heimlich ihn umwindet,
Daß ihr ihn umstrickt und bringt zu Fall,
Helft ihr Teufel stets und überall!

Schlingt um seine Stirn den Wahn,
Und den Strick um seine Kehle!
Rasend stürm' wie ein Orkan
Haß und Wuth durch seine Seele!
Nagt ihn, füllet ihn mit Gift und Gall',
Helft ihr Teufel stets und überall!

Wenn er wähnt, um ihren Leib
Seinen kühnen Arm zu stricken,
Saug' ihm aus das falsche Weib
Alle Kraft mit ihren Blicken!
Daß mein Fluch ins Herz ihn tödtlich krall',
Helft ihr Teufel stets und überall!

Nimm, o Hölle, diesen Zoll,
Nimm dies Opfer zu den andern,
In die Thiergestalten soll
Seine schwarze Seele wandern;
Hölle hör's, es ruft dich dein Vasall,
Helft, ihr Teufel stets und überall!

Oberons Ball.

Ich hab' Titanien was gekauft,
Daß ihr mein Glühn nicht schade;
Kein Regen hat ihn noch getauft —
Ein Strohhut ist's, Cicade!
Sie gleicht darin — zu meiner Lust —
Den Schnittermädchen im August.

Den Schnittermädchen, wie sie gehn
Am Abend vor dem Wagen,
Und lachend ihre Rechen drehn,
Sich necken und sich jagen,
So hübsch wie die zu sein, gefällt
Der Königin der Elfenwelt.

Nun rückt heran die schöne Nacht
Der Sommer-Sonnenwende,
Da hab' ich mir was ausgedacht:
Ihr Elfen kommt behende,
Und ladet Blumen groß und klein
Zu einem Maskenball mir ein.

Als Ritter kann der Eisenhut
Sich vor dem König neigen,
Der Fliegenschwamm kann voller Gluth
Sich als Mephisto zeigen,
Indeß sich als bescheidner Kranz
Die Veilchen reihn zum Reigentanz.

Den Norden stellt die Mistel vor,
Als Indianer dringen
Die Farrnkräuter keck hervor
Mit Lanzen, die sie schwingen;
Im rothen Turban steht der Mohn
Als Neger an des Ostens Thron.

Es soll wie in dem ächten Lied
Sich alles schön verbinden,
Und jeder Standesunterschied
Bei diesem Fest verschwinden;
Ihr fühlt euch ja, und ewig so
Als Theile nur des Ganzen froh.

Gezeugt vom reinsten Aetherlicht
Drückt euch der Erde Schwere,
Und eures Selbst Begrenzung nicht.
Wie wohl's den Menschen wäre,
Verschmerzten sie so leicht wie wir
Des Ichs Verlust, die Selbstbegier!

Nun kommt, tanzt um den Wasserfall!
Die Nixen in den Wogen,
Begleiten uns auf jeden Fall
Bis in den Regenbogen.
Von dort bringt uns noch heute gern
Ein Eilzug in den Abendstern.

Wolfstheilnahme.

Wie geht es auch dem Lamm?
Es scheint mir so gebläht,
So übernährt, es wühlt im Schlamm,
Sein Blick ist nicht recht stät!
Es ißt zu viel vielleicht?
Trinkt's nicht zu viel?
Ergibt sich's nicht dem Spiel?
Es sieht auch so verscheucht,
So schüchtern aus, so scheu,
Ist's auch getreu?
Wie lebt's? doch nicht gemieden?
Doch nicht allein, doch wohl zufrieden?
Erfüllt es seine Pflicht
Und zankt es nicht?
Lebt's auch verträglich mit den Anderen im Stall?
Es muß bald vor Gericht —
Es ist ein eigner seltner Fall!

Studie.

Beim Löwen hinter seinem Gitter
Seht ihr das Hündchen, und warum? —
Der Kerker würde jenem sonst zu bitter,
Drum geht er freundlich mit ihm um.

Die Gaffer möcht' er wohl zerbeißen,
Doch weil sein Herz großmüthig ist,
So denkt er — dies könnt' ich zerreißen,
Allein ich schon' es, Hunde, wißt!

Und wie der König aller Katzen
Dies große Wort bei sich bedenkt,
So legt er sich auf seine Tatzen,
Und wieder ist ihm Ruh' geschenkt.

Fabel.

Die Raupe kroch auf ihrem Blatt, und nagte
Und kroch und fraß, als ihr mit Schwung
Ein Schmetterling vorüberfliegend sagte:
„Ergreift dich nicht Bewunderung?
Erkennst du meine Götterschwinge?" —
„O!" sprach die Raupe, „flieg' nur zu,
Von deinesgleichen gibt es viele,
Wenn du schon längst an deinem Ziele,
Dann bin auch ich so schön wie du;
Ich neide nicht dein allzukurzes Glück,
Und bleibe gern noch hinter dir zurück."

Institut.

Gedenk' ich eines Gutes
Aus guter alter Zeit,
So ist's des Institutes
Verscholl'ne Dunkelheit.

Halb froh und halb vertrauert,
Der Tag war noch kein Glück —
Wir sah'n, so eingemauert,
Nur vorwärts, nicht zurück.

Die Fenster waren gothisch,
Man fühlt dabei so viel,
Doch war es nicht utopisch,
Was damals uns gefiel.

Am Sonntag kamen Tanten
Und Neffen nach der Wahl,
Man sprach mit den Verwandten
In einem großen Saal.

Man sprach von Operntexten,
Man sprach von Walter Scott,
Von Geistern und Verhexten,
Halbrührend, halb mit Spott.

Im Garten gab es Rosen,
Des Sonntags Frühgeläut
Klang wie zu Karls des Großen
Versunk'ner Heldenzeit.

Die Blumen an den Hecken
Mit goldenem Visir
Erschienen als die Recken,
Die Nonnen waren wir.

Carneval.

Draußen schwärmen Maskenzüge,
Schallt Musik zu Fackelschein,
Aber Liebchen, uns betrüge
Larve nicht und Schmuck allein.

Was nur je in allen Ländern
Huldigung der Liebe war,
Nicht in Bändern und Gewändern,
Hier im Herzen werd' es wahr.

Laß uns unter Jubelgrüßen
Eros heitern Dienst erneu'n,
Und der Schatten, wo wir küssen,
Sei uns Paphos Myrtenhain.

Dichten will ich hohe Lieder
Wie einst König Salomon,
Knieen will ich vor dir nieder
Ritterlich um Minnelohn.

Komm du Braut mit zagem Schritte,
Schmiege dich, mein sanftes Reh,
Sei mir Engel, Aphrodite,
Bajadere mir und Fee!

Glaube, daß uns Sterne leuchten,
Wie sie durchs Lianengrün
Auf des Indus silberfeuchten
Pfad nicht schöner niederglühn.

Ewig rauscht dieselbe Welle —
Sappho's Lied, Propertius',
Und Boccaccio's Novelle
Brennen noch in diesem Kuß.

Grundeigenthümer.

„Willst du," sprach das Staatspapier
Zum Besitzer — „mich verkaufen?
Jetzt, wo ich mich so rentir',
Daß die Zinsen sich an mir
Ueber fünf ein halb belaufen?

„Und an wen verräthst du mich?
An der flinken Wechsler Hände?
Rühren nicht dich, Wütherich,
Die Coupons, die ewig sich
Dir erneu'n zur Jahreswende?

„Diese Lämmlein die du schor'st
Gaben Brod zum Hungerstillen,
Tuch, das du zum Kleid erkor'st,
Holz, damit du nicht erfror'st,
Warst du krank — Arznei und Pillen.

„Sieh, welch stattliches Emblem
Unsern Zahlen dient zum Schmucke,
Glänzen wir nicht angenehm
Beinah' klingend, weiß wie Crême,
Mit so fein' und noblem Drucke?"

„All das, sprach der Herr, ist wahr,
Aber wißt, daß ich statt euer
Erde kauf', die Jahr für Jahr
Blüthen trägt und Frucht sogar,
Und der Trauben süßes Feuer.

„Hausse und Baisse hat mich berauscht;
Nun um diese Schuld zu sühnen,
Wird dem Vogelsang gelauscht,
Und der grüne Tisch vertauscht
Froh mit einem Tisch im Grünen."

Glühwurm.

„Sense, ruh' nun endlich aus!
Alles liegt schon tief im Traume;
Sieh wie dort der Mond am Haus
Glitzert ob dem Apfelbaume!

„Wie du mäh'n kannst, wie geschwind!
Heute früh beim Morgenrothe
Bange sah ich's, als der Wind
Mir mein Licht zu löschen drohte.

„Morgen — Sense, halt' an dich!
Hab' mit meinem Grase Schonung;
Ach, du blickst so fürchterlich,
Gib doch Acht auf meine Wohnung!

„Diese Ginster hab' ich gern,
Dort auch die Vergißmeinnichte,
Glänz' ich nicht als wie ein Stern —
Beinah noch in schön'rem Lichte?“

So zur Sense stillvertraut
Sprach der Glühwurm, sehr in Sorgen,
Doch noch Andres wurde laut,
Neben ihm im Gras verborgen.

Ihren Säugling stillte da
Eine junge Mutter, immer
Lächelnd, wenn sie niedersah
Zu des Glühwurms sanftem Schimmer.

Ach! auch ihr war Nest und Dach
Weggemäht, doch ihren Kleinen
Hob sie jetzt ans Herz, und sprach:
„Hör' nun auf, o Kind, zu weinen.

„Sieh, dies kleine Würmchen hier
Leuchtet zu des Lebens Quelle
Deinem kleinen Mund, und mir
Zeigt es deine Aeuglein helle."

Der Blinde an sein Kind.

Du siehst! und deine Mutter hebt
Dich froh zu mir empor und sagt:
„Es sieht" — O du mein Kind, dir tagt
Das Licht, das nie für mich gelebt.

Der Keim, der hier verschlossen blieb,
Ging auf in dir, es sprang der Sarg,
Und du erblickst, was dumpf und karg
Der Andern Wort mir nur beschrieb.

Du siehst! Wie glücklich wirst du sein!
Was Blumen, Thiere, Menschen sind,
Wirst du verstehn, und nicht, mein Kind,
Fühlst du wie ich dich so allein!

Freu' dich der schönen Welt und denk',
So hätte der geschaut, dem nie
Gegönnt war, was er dir verlieh,
Das Schau'n, das herrlichste Geschenk.

Du weißt es nicht, du fühlst es nicht,
Was mir gefehlt ein Leben lang,
Du fühlst ihn nie, den tiefen Drang,
Die Sehnsucht nach dem Licht.

Die Alte an ihre Enkelin.

Ja schau' du mich nur an, ja schau'!
Auch diese Augen, roth vom Weinen,
Sie waren einst so rein und blau,
Und so voll Feuer, wie die deinen.

Von meiner Jugend goldnem Licht
Könnt' ich dir viel, so viel erzählen,
Du könntest leichter, glaubst du's nicht? —
Die Falten meiner Stirne zählen.

Als meine Schönheit den entzückt,
Der allgeehrt war und bewundert,
Als mich der einz'ge Mann geschmückt,
Der selbst geschmückt hat sein Jahrhundert.

Das waren Tage hoher Lust,
So weihvoll wie Gesang der Musen,
Ich fühlte, seines Werths bewußt,
Das reinste Glück in meinem Busen.

Von allem Lorbeer, allem Glanz,
Den Mit= und Nachwelt ihm gewunden,
Trägt keiner Blüthen wie der Kranz,
Der mir zurückruft jene Stunden.

Die Karyatide im Concertsaal.

Aus eurer Tiefe, Ouvertüren,
Wie stürmt ihr her, ihr Melodien!
Wohin denn wollt ihr mich entführen?
Zum Born des Lichts, aus dem ich bin?

Der Meeresschooß hat mich geboren,
Der Vorzeit Fluth den Marmorstein,
Aus dem der Künstler mich erkoren,
Das Bildniß seines Traums zu sein.

Das Wogen eurer Töne zittert
In meines Wesens tiefstem Grund,
Von eurem Geisterhauch umwittert
Gibt sich mein innerst Leben kund.

Ich liebe — werdet ihr mich hören?
Ich liebe jenen Edelstein,
Der mir so gleicht, ich wollte schwören,
Er ist ein Theil von mir und mein.

Er blitzt, er zürnt, er ist gefangen!
Ihn hält ein goldner Reif umspannt,
Ein Reif mit zwei gewundnen Schlangen;
Verflucht der Zauber, der ihn bannt!

Sein Lichtstrahl weiß mich aufzufinden,
Er ist mir mehr als alles Gold!
Was falsch ist, müßte mir verschwinden,
Der Lüge bin ich nimmer hold.

Ja, wer mir zum Erbarmen riethe,
Wo nur, verachten kann mein Herz,
Der hieß' mein Feind, und ich entbiete
Ihm Kampf, ich bin so stolz als Erz!

Nur wo die höchsten Berge ragen,
Möcht' ich mit ihm und ganz allein
Auf tausend Säulen ewig tragen
Den Himmel und den Sternenschein.

Nothtaufe.

Nachts wandert auf gefror'nem See
Ein Weib, ihr Kind in Armen;
Wo eilt sie hin? Sucht sie beim Schnee,
Beim Sturm vielleicht Erbarmen?

Sie flieht, und auf dem Eis allein
Erhebt sie, wie zum Segen,
Ihr zitternd Kind dem bleichen Schein
Des Mondenlichts entgegen:

„Hier tauf' ich dich, mein Kind — du sei'st
Im Namen dunkler Mächte,
Im Froste, der dein Haupt umeist,
Getauft beim Licht der Nächte!

„Von meiner Thränen salz'ger Fluth,
Vom heißen Schmerzensöle,
Das Feuer gieß' ich dir ins Blut,
Das Eis dir in die Seele.

„Die Schauer, die uns jetzt umwehn,
Die nehm' ich dir zu Pathen,
Und Furcht soll einst der Welt erstehn
Aus dir, und deinen Thaten!

„Verachte stets die Welt, mein Kind;
O lern' die Menschen hassen;
Sie hat dir auch zum Angebind
Nur Elend hinterlassen!

„Noch liegst du tief in Staub und Schmach —
Sei klug, sei wie die Schlangen!
Ring' dich empor, und nach und nach
Nimm dir das Glück gefangen!

„Dann herrsch' und hasse, tritt in Staub
Den Schwächern ohne Scheue;
Sei stumm im Glück, der Liebe taub,
Und niemals fühle Reue!"

So tauft das Weib, und hält ihr Kind;
Da horch — die Eise brechen —
Sie sinkt — versinkt — warm weht der Wind
Durch freie Wasserflächen.

Doch über alle Wogen setzt
Die Scholle noch vom Eise
Ans Ufer sanft und unverletzt
Die nothgetaufte Waise.

Die Schlange am Krater

Am Abgrund kriecht sie furchtlos hin,
Sie züngelt gegen Feuerzungen,
Die aus des Kraters Tiefe sprühn,
Als wäre sie ihm selbst entsprungen.

Statt unter Blumen, statt im Laub
Bei goldnen Früchten sich zu decken,
Hat hier sie nichts, als in dem Staub
Aus Lava kargen Thau zu lecken.

Was äugelst, schwarze Schlange, du
Hinab zu den basaltnen Quadern?
Es zieht dich wohl der Tiefe zu,
Wo Gift;rollt in den erz'nen Adern?

Dein Gift ist machtlos vor der Gluth;
Allein von Wollust sanft durchschauert
Am Herd des Weltzerstörers ruht
Dein schöner Leib in sich gekauert.

So zaudre nicht, stürz' dich hinab!
Und in der Wandlung aller Dinge
Tauchst du vielleicht vom Flammengrab
Empor mit goldgesäumter Schwinge.

*   *   *

Ich weiß nicht, bist die Schlange du?
Im Traumbild einer milden Stunde
Warf so dich mir aus Asche zu
Ein Sturm an meines Herzens Wunde.

Hemma.

O Tochter Indiens, du des Fremden Braut!
Wir legen unsre Kränze dir zu Füßen,
Es ist dein Hochzeittag! Der Morgen graut,
Die Anverwandten kommen, dich zu grüßen.

O tritt hervor! wir schmücken dir das Haar
Mit Blüthen, mit dem Duft der Sundalblume,
Wir bringen dir die schönsten Kleider dar,
Wir singen Lieder, ihm und dir zum Ruhme.

Du zitterst, fühlst du dich zu sehr beglückt?
Du glaubst vielleicht, wir wollen dich ermorden?
O nein! kein Dolch ist gegen dich gezückt,
Du bist zu bleich für unsern Neid geworden.

So sprachen zu des Britten schöner Braut
Die stolzen Schwestern, ihr den Schleier bringend,
Und sie sprach: ach ihr werdet mir zu laut,
Und barg ihr Haupt, die Thränen nicht mehr zwingend.

„Ich zittre, weil ich weiß, daß euer Haß
Und euer Hohn mich zu durchbohren suchen,
Ich beb' vor eurem Blick, ich werde blaß,
Weil mir im Stillen eure Herzen fluchen.

Aus Java zurückgekehrt.

Setze dich zu mir ans Lager,
Ich bin krank, mein Herz ist schwer,
Ich bin krank, und müd' und hager —
Denn der Tod war um mich her.

Hab' am Krankenbett gerungen
Mit dem Fieber manches Jahr,
Lechzend lag, an mich gesprungen,
Tigerkatz' und Jaguar.

Hundert' mir zur Seite starben;
Sieh, hier sind vom gift'gen Pfeil,
Von den Kugeln hier die Narben;
All die Wunden wurden heil.

Eine nicht! Wenn in den Fluthen
Höchsten Sturms mein Segel trieb,
Unter Blitz und Tropengluthen —
Diese eine Wunde blieb.

Ja ich weiß, was ich verloren,
Als ich dich verließ, ich sah —
Ach umsonst zurückbeschworen —
Immer dich nur fern und nah!

Satt vom Tod, gewöhnt an Morden,
Unter Indiens Sonnenlicht,
Anders ist mein Thun geworden,
Und gebräunter mein Gesicht.

Nur mein Herz ward nicht verwandelt,
Stets hab' ich an dich gedacht,
Perlen hab' ich eingehandelt,
Gold hab ich dir mitgebracht.

Dich einst glücklich noch zu wissen,
Dieß war's, was ich fest geglaubt;
Lege mir zurecht die Kissen,
Denn ich neige bald mein Haupt!

Die Genesene.

Sie war so gut! der Himmel war's ihr schuldig,
Daß er sie leben und genesen ließ,
Sie litt so lang, und litt es so geduldig,
Daß sie oft selbst zu klagen uns verwies.
„Bist du noch wach? So geh' doch schlafen, Nette!
Du hörtest mich noch immer, wenn ich rief;
Die Medicin! sprach sie, dann geh' zu Bette" —
Und stellte sich, als ob sie wieder schlief'.

Das waren Nächte! Winternächte lange,
Wenn drauß der Sturmwind um die Dächer schnob,
Und heulend umtrieb auf dem alten Gange,
Und schier die Fenster aus den Angeln hob!
Im Ofen knisterte das Holz; ein Leben
Rang mit dem Tode; durch dieß Schlafgemach,
So traut es war, sah man doch leise schweben
Den Engel, der die Lebensblüthen brach.

Ein Hüsteln, und dann wieder tiefe Stille,
Ein Seufzen, und dann sprach sie was im Traum,

Der Wohlgeruch der römischen Kamille
Durchfloß des Zimmers matterhellten Raum.
Zuweilen flackerte das Licht, es däuchte
Ein Bild des Lebens, das darniederlag,
Und zu erlöschen drohte wie die Leuchte,
Doch drauß indeß entdämmerte der Tag.

Es kam der Tag, und mit ihm neues Hoffen,
Es kam der Arzt, und neue Zuversicht,
Dann war's, als liege wieder vor uns offen
Die weite Welt im schönen Sonnenlicht;
Es durften an ihr Bett die Kinder kommen,
Sie kamen von der Schule, wangenroth
Vom Winterwehn, ach wie der Guten, Frommen
Zum Gruß die kleinen Händchen jedes bot!

Jetzt ist es Frühling, jubelnd in die Lüfte
Schwingt sich der Lerche Lied zum Himmelblau,
Nimm hier des Gartens erste Blumendüfte,
Du auferstand'ne, junge, schöne Frau!
Erfrische dich an ihrem Duft, erheit're
An ihren Farben dich, daß deine Brust
Vergnügt in die Natur sich froh erweit're,
Zum Vollgenuß der neuen Lebenslust.

Der Dorfarzt.

Mit grünen Läden prangt mein Haus,
Das ganze Jahr geht's ein und aus,
Bald holt man Thee, bald Egel,
Und will man Aquavit,
So geb' ich in der Regel
Von meinem Robert Whytt.

Den Chelius und den Hufeland
Nehm' ich bei jedem Fall zur Hand,
Wer je am Magendrucke
Und wer an Krämpfen litt,
Genest nach einem Schlucke
Von meinem Robert Whytt.

Jüngst hatt' ich Einen in der Kur,
Da ging's! die große Curvatur
Ward wie im Sturm erobert! —
Ich drang hinein im Siegesschritt,
Womit? mit meinem Robert,
Mit meinem Robert Whytt.

So mancher hält für Fässer wohl
Die Mägen, denn auch die sind hohl,
Und nimmt sie bald durch Schwefel,
Bald durch Salpeter mit;
Ich geb', statt solchem Frevel,
Von meinem Robert Whytt.

Er wärmt die Centren, und verschafft
Den Gliedern wieder neue Kraft;
Ich hab' ihn selbst gegeben
Nach einem Kaiserschnitt,
Ich rief das Kind ins Leben
Mit etwas Robert Whytt.

Und wenn's die Facultät genirt,
Ich sage dennoch — „indicirt!"
Wenn diese Herrn bedächten,
Wie herrlich schmeckt beim Morgenritt
Ein Schluck von meinem echten
Von meinem Robert Whytt!

Das Kind im Haus.

Sobald das Kind im Haus erwacht,
Die holden Aeuglein aufgemacht,
Und lächelt froh und wonnigsüß,
So ist's der Mutter Morgenstern,
Ihr Himmel und ihr Paradies,
Ihr Sorgen und ihr Dank dem Herrn.

Das Kind im Haus — erhellt es nicht
Des Vaters ernstes Angesicht?
Es lacht ihm, wenn er kommt nach Haus,
Und streckt die kleinen Händchen aus.

Die Brüder, die schon größer sind,
Sind gerne bei dem kleinen Kind;
Sie hoffen, daß es fleißig lern',
Und lehren ihm das Zeitwort sum,
Sie tragen es im Arm herum,
Und was es will, das thun sie gern.

Die Magd bleibt bei dem Kinde stehn,
Anstatt auf ihr Geschäft zu sehn,
Und gibt ihm einen derben Kuß,
So daß es beinah weinen muß.

Sein erster Laut, sein' erste Bitt',
Und was es lallt, sein ganz Sanscrit,
Wird bald im Hause gang und gebe;
Sogar die blinde Alte glaubt,
Daß mit dem Kinde um ihr Haupt
Ein holder Engel niederschwebe.

Aufs Kindlein aus dem Käfig blickt
Der Vogel, wenn er Zucker pickt;
Sogar das Kätzlein und der Hund
Sind mit dem kleinen Kind im Bund.

IV.

Sonette.

L.

Still lächelnd sitzt die Sphinx der Weltgeschichte
Am Thor der Zukunft, und sie gibt den Thronen
Ihr Räthsel auf, und über Nationen
Am Strom der Zeiten sitzt sie zu Gerichte.

Ringsum liegt Todtenbein und Trümmerschichte;
Doch wenn sie hebt den Schleier nach Aeonen,
Dann sieht man erst, daß sie gewollt nur schonen,
Und daß sie stets bedacht war, wie sie schlichte.

Sie hat verletztes Recht mit edlem Grimme
Zu strafen stets gewußt, und stets gewacht,
Damit der Rachefunke nicht verglimme.

Sie sprach auch einst, nachdem sie lang gelacht,
Voll Löwenzorns aus Dantons Donnerstimme
Dein Sturmgeheul — Bartholomäusnacht!

II.

Wind, Wolke, Lichtstrahl, ziehn die alte Reise
Um unsern Erdball, thürmen Nacht und Wogen,
Versenken Schiffe, wölben Regenbogen —
Das alte Schauspiel, stets in neuer Weise.

Die Monde wiederholen ihre Kreise,
Die Schaar der Vögel kommt ins Jahr geflogen,
Geschlecht kommt um Geschlecht herangezogen,
Es wird zum Mann das Kind, der Mann zum Greise.

Wir sehn, wie bis hinauf zum Glanz der Kronen
Das Unglück bringt, wie Schuld und Noth und Schande,
Pest, Krieg und Feuer nirgends ruhn und schonen;

Was klagst du, wenn du nicht gleich alle Bande
Zerbrechen kannst, um wie ein Gott zu thronen?
Auf! rüste dich zu größrem Widerstande!

———————

III.

Geh nur, so wie du stets vorbeigegangen,
Vorbei an mir, o Glück, wenn Gold und Ehre
Dein Schooß enthielt; mein Wahlspruch heißt: „Entbehre,
Entsage jedem irdischen Verlangen!“

Zwar hab' ich's stets mit Dankgefühl empfangen,
Gab mir das Schicksal eine weise Lehre,
Auch wenn ein Honigtropfen in die Leere
Der Tage fiel, die nur ein Klaglied sangen.

Weht nur in unsern Frühling, rauhe Winde,
Kein Schneefall soll mich in dem Glauben stören,
Als ob auch die Natur mit uns empfinde!

Ich könnte nicht der Lerche Jubel hören
In meinem Mißmuth, und das wonneblinde
Geschlecht der Blumen müßte mich empören.

———————

IV.

Obwohl erdrückt beinah vom Seelenschmerze,
Obwohl allein und auf dem schlimmsten Pfade,
Doch sucht' ich nicht bei Menschenherzen Gnade,
Ich wußte wohl, ich schlüge nur an Erze.

Ich höhnte meines Grams, ich schwang im Scherze
Das volle Glas, und pries auch alles Fade,
Und Mancher sprach: „Dies Licht brennt schön gerade,"
Und doch war's nur das Licht der Leichenkerze. —

Das Wort des Lebens schließt mit trüber Endung,
Zum schwarzen Stein inmitten einer Wüste
Zieht jedes Strebens gottbeseelte Sendung.

Beglückt, wer glaubensfroh sein Mekka grüßte,
Wer sich verzehrt in seliger Verschwendung,
Wer nie mit Hohn sein kühnstes Wollen büßte.

V.

Was zu erleben wäre wohl das Beste?
Einherzuziehn auf stolzem Siegeswagen,
Nachdem man einen kecken Feind geschlagen,
Der unsrer Freiheit bestes Blut erpreßte?

Trophäen, Siegsgepräng' und Siegesfeste?
Doch wenn ich müßte deßhalb dir entsagen,
Wie dann? — Ich will die kleine Schwalbe fragen,
Die so vergnüglich lebt in ihrem Neste.

Wie eng ist unser Dasein, unser Wille
Hat nur die Wahl, in hohem Stolz entweder
Sein Glück zu suchen, oder in der Stille!

Wer mit dem Degen, wer mit Wort und Feder
Den Kampf führt, laß das Traumbild der Idylle,
Mit Blüthenschmuck prangt nicht zugleich die Ceder.

VI.

Der Frühling kommt, die alten Gräber gähnen,
Und hauchen Moder aus durch Veilchendüfte,
Was Land und See belebt und Meer und Lüfte,
Geht wieder aus auf Mord mit Krall' und Zähnen.

Der Raubthier' größtes, furchtbar wie Hyänen,
Der Mensch, erschließt die ungeheuren Grüfte,
Die sein Geschlecht grub, und durchspäht die Klüfte
Der Geisterwelt, stets voll von schlauen Plänen.

Verschlingend dringt er bis zum letzten Kerne
Der Dinge, die er gerne möcht' ergründen,
Er würgt durch Liebe, tödtet in die Ferne,

Gedanken, seine stärkste Waffe, zünden;
Sein Sehnen geht bis an die höchsten Sterne,
Den Abgrund aber füllt er aus mit Sünden.

————————

VII.

Die Welt wird immer uns die Lehre geben,
Es werde Geist und Muth nur dann geachtet,
Wenn auch dazu die rechte Sitte trachtet,
Und einen schönen Einklang gibt dem Leben.

Dagegen hilft kein Ringen und kein Streben,
Wo sie verdammt, bleibt jede That umnachtet;
Es bannt, indem das stolze Herz verschmachtet,
Das Urtheil, Niemand wagt es aufzuheben.

Das Beste wird ein übler Ruf verschlechtern,
Doch Recht hat nie die Mitwelt, wahre Richter
Entstehen erst in kommenden Geschlechtern.

Die Schatten fliehn, sie werden licht und lichter,
Verschwindend vor den Augen der Gerechtern,
Und rein steht vor der Nachwelt Held und Dichter.

VIII.

Die Gunst der Welt ist launisch und vermessen,
Und wen sie bis zum Himmel hob noch heute,
Den läßt sie morgen bittrer Schmach zur Beute,
Denn immer hat der Neid ihr Ohr besessen.

O, wer dahin ist, der ist schnell vergessen,
Und ob er Weihrauch oder Saaten streute!
Du hörst gar bald dein eignes Grabgeläute,
Wenn dir kein Herzblut mehr ist auszupressen.

Als Andern noch die Gunst den Kranz geschwungen,
Wie haben da verlockt mich ihre Winke,
Und wie bezaubert ihre Huldigungen!

Seitdem es mir gilt, weg sind Schmuck und Schminke,
Mich friert nur, hör' ich wo mein Lob gesungen,
Und lachen muß ich, wenn es heißt: ich sinke.

IX.

Wie klar sich auch im See die Sterne spiegeln,
Du kannst doch nicht in seine Tiefe schauen,
So lächelt mancher Blick, und heischt Vertrauen,
Und birgt doch nur ein Buch mit sieben Siegeln.

Ein Kerkerschloß ist leichter aufzuriegeln
Als eine Seele, die, gestählt von rauhen
Erfahrungen, nur strebt, an sich zu bauen,
Sich läuternd wie das Erz in Feuertiegeln.

Auch ich rühm' mich, ich lernt' den Werth erkennen
Von jedem Lächeln, das wir abgewinnen
Dem Ernst der Dinge, die wir „Dasein" nennen.

Verzeih! Dünkt dir vielleicht zu trüb mein Sinnen?
Die Blume, wenn zu heiß die Strahlen brennen,
Schließt ihre Blätter gerne dann nach innen.

X.

Du rühmst den Schlaf, weil jeder Schmerz versiege,
Von seinem Hauch in süßen Traum gesungen,
Weil ausgelöscht in seinen Dämmerungen
Des Tages Qual wie Gluth im Duft verfliege?

Und bangst du nicht, auf jener dunklen Stiege
Hinabzugehn ins Lügenreich, bezwungen
Und wehrlos hinzusinken, wahnumschlungen,
Beraubt um deiner Freiheit kühnste Siege?

O laß im Schlaf sein Weh den Feigen tödten,
Laß Blumen selig träumen, laß der Kröten
Geschlecht den Winterschlaf im Felsen rühmen!

Doch uns soll nichts des Lebens Schmerz verblümen,
Nur ihm sei Dank mit jeder Morgenröthe,
Der uns vom Staub zum Menschengeist erhöhte.

XI.

Das dunkle Schicksal nimmt für Alles Rache,
Kein Wuchrer ist mit seinem Gold genauer,
Kein Raubthier ist so ruhig auf der Lauer,
Zu schlummern scheint's, und hält die Augen wache.

„Der Schuld'ge," denkt es, „freue sich und lache,
Und wähne mich entfernt, und dünk' sich schlauer,
Indem er wirkt und schafft, und eine Mauer
Um sich zu ziehn meint, die ihn sicher mache.

Auf einmal steh' ich da — ein kaum beachtet
Versehn, ein Zufall hat mich ungesehen
Ans Licht gebracht, wornach ich stets getrachtet.

Denn über Sich, sein Sein und Fortbestehen,
Ist immerdar des Menschen Sinn umnachtet,
Und Böses thut er, oder läßt's geschehen."

XII.

Wenn oft in dumpfen, kummervollen Zeiten
Dein Himmel schwarz und voller Wolken steht,
Und träge Sorgestunden früh und spät
Sich um dich her wie düstre Schatten breiten —

Hat da noch nie mit einem süßen Gleiten
Urplötzlich dich ein Morgenhauch umweht,
Ein wonnig Ahnen, das da kommt und geht,
Wie Vorgefühl von nahen Seligkeiten?

Du fragst dich, war's ein Geist aus schönern Stunden,
Ein Zauber lieblicher Erinnerung,
Den still und unbewußt dein Herz empfunden?

War's nicht ein Herold, Kunde dir zu bringen,
Daß bald aus Winterfrost und Dämmerung
Verjüngt der Frühling werde niedersteigen?

———

XIII.

Vorüber ist das Bacchanal, da liegen
Am Boden noch die Becken und Pokale;
Es war ein Fest im Wald beim Mondenstrahle,
Es war ein Fest nach schwererkämpften Siegen.

Doch sah man sie im leichten Tanz sich wiegen
Und jauchzen, in der Hand die volle Schaale;
Man sah zum Kusse Brust an Brust beim Mahle
Die Nymphe sich im Arm des Satyrs wiegen.

Nicht ohne Opfer ging es ab; dort schmachtet
Das Lamm, das zarte, müd von Lust und Kosen,
Wo dunkler das Gebüsch der Myrthe nachtet.

Das Mädchen ruht im Schlaf auf weichen Moosen,
Und träumt und hält, von einem Faun betrachtet,
In seiner Hand noch einen Kranz von Rosen.

XIV.

An Himmelsgold, an Liebesgluth so reich,
Ihr Abendwolken, stille Nachtverkünder,
Um eure Schultern lächeln wie die Kinder
Die Sterne schon, doch zitternd noch und bleich!

Um eure Bahnen schwebt ein Himmelreich,
In eure Höhn gebaut, ihr rührt den Sünder
Zu Thränen, machet seine Qual gelinder,
Und stimmt den Ton der Seele sanft und weich!

Das Schaugerüst des Tages stürzt zusammen,
Ein Dunkel von Cypressen scheint am Saum
Des Himmels aufzustehn, Und steht in Flammen.

Wohl dem, dem sanft der Tod naht wie ein Traum,
Den seines Innern Stimmen nicht verdammen,
Wenn feuchten Blickes Luna schwebt im Raum.

———————————

XV.

Erst wer die Höh'n erstieg, sieht grüne Matten
Und klare Seen und blumige Gelände,
Wo der, der fern steht, nur die schroffen Wände
Und Klüfte schaut, und kahle Felsenplatten.

Wie oft erblicken wir nur schwarze Schatten
An Wesen, wo ein tiefrer Einblick fände,
Daß uns ein ungeahnter Zauber bände,
Wie sich in Rosen Duft und Schönheit gatten.

Geschick und Neigung sind den Alltagsblicken
Ein Labyrinth, in deß' verworrnen Pfaden
Die Meisten sich, und unrettbar verstricken.

Wer liebt, hält fest den Ariadnefaden,
Wer liebt, sieht rein, trotz allen Mißgeschicken,
Und sieht das Herz, schien's noch so schuldbeladen.

XVI.

In jungen Jahren kennt noch kein Genüge
Der Menschengeist, erfüllt von Fieberhitze,
In Macht und Ehre, Ruhm, und im Besitze
Erblickt er Täuschung nur, und Wahn und Lüge.

Zum Schroffsten, Steilsten lenkt er seine Flüge,
Und einsam auf der höchsten Bergesspitze
Gräbt ins Gestein er, bei dem Licht der Blitze,
Unlöschbar seines Schmerzes tiefe Züge.

Erst spät erscheint, vom zarten Grün bekleidet,
Die Furche, die er grub, und Blumen sprossen,
Wo sich am Raub der Geier „Qual" geweidet.

Doch ist's die höchste Schönheit, wo, geschlossen
Den Blick noch, eine edle Seele leidet,
Die nichts vom Glück der Erde noch genossen.

XVII.

Gesteht, daß ich die Schranken übersprungen,
Den Raum, in welchem eure Vorsicht wollte,
Daß ich mein Glück nur darin finden sollte
Ein gut Geschöpf zu sein, das euch gelungen!

Des Menschen Stolz, die Freiheit wird erzwungen;
Noch keine Macht gab's, die nicht heimlich grollte,
Wenn eine jüng're, die bisher ihr zollte,
Nun sich auf einmal über sie geschwungen.

Durch Widerstand erwächst die Wucht der Eiche,
Das Eisen wird gehärtet in den Feuern,
Und glaubt ihr nicht vom Menschengeist das Gleiche?

Das Wort, mit dem durch jedes Meer wir steuern:
Daß jeder Widerstand der Thatkraft weiche,
Dieß gibt der Welt ihr ewig Selbsterneuern.

XVIII.

Ein Glückskind hat den Becher ausgetrunken,
Der ihm bekränzt war schon vom Anbeginne,
Ein Schwan zog heim, von goldner Himmelszinne
Ist unumwölkt ein Stern hinabgesunken.

Verschwenderische Göttin, theil' die Funken
Von seinem Lichtglanz aus! Millionen Sinne
Und Leben könnten reich von dem Gewinne,
Ja mit dem Hunderttheil davon noch prunken!

Dem Armen, der sich lebenslang bemühte,
Vergönne von den goldnen Trauerweiden
Nur einen Zweig, nur eine kleine Blüthe!

Denn er, der nie gekannt die Nacht der Leiden,
Dem nie von bitter Qual der Busen glühte,
Er ruht im Grab — wir durften ihn beneiden.

———————

XIX.

Was sie von ihm entzückte, das verdammen
Die Zeitgenossen nur zu oft am Dichter,
Von jedem Fehler sehn sie, schwarze Richter,
Auf seiner Stirn der Hölle dunkle Schrammen.

Sein Werk bewundern sie, und scheu'n die Flammen,
Durch die es ward, wer über ihre Lichter
Aufleuchtet, heißt Verderber und Vernichter,
Und Steine wirft man über ihm zusammen.

Ich laß es gelten! Stoßt ihn zu den Massen,
Er habe nichts voraus, und ihn bedinge
Das gleiche Recht wie euch, das gleiche Hassen!

Ist's nicht genug, daß er allein die Dinge
In ihrer strengen Wahrheit muß erfassen,
Ihr werft auch euren Staub auf jede Schwinge.

———————

XX.

Wer kann es sehn und möcht' es nicht beweinen,
Wenn über dem Gebirg das stille, blasse
Mondlicht auftaucht, daß all die Felsenmasse
Jetzt todt ist, wo einst Gold lag in den Steinen?

Die Trümmer, wie sie aufgelöst erscheinen!
Wie einsam ragt, wie mit sich selbst im Hasse,
Als ob sie nach den leeren Wolken fasse,
Die Tanne dort, mit Zweigen gleich Gebeinen!

Die Blumen thau'n, die Hirtenfeuer glosten,
Und spät noch hallt Geläut der Alpenkühe,
Wo Gänge von dem alten Schacht noch rosten.

Wenn golden die Holdseligkeit der Frühe,
Die Morgenröthe sich erhebt im Osten,
So sieht sie im Gebirg des Menschen Mühe.

———

XXI.

Wie aus Erinn'rung eigner Jugendfährte
Taucht mir aus ferner Zeit die fromme Kunde;
Dein Bild empor, o Vorzeit, lichtverklärte,
Du Menschheit-Morgenland und Morgenstunde!

Treu wie das Jahr in seiner Sternenrunde
Den Schöpfungstag mit jedem Frühling jährte,
Durchzog ein Hirtenvolk mit Gott im Bunde
Sein heilig Land, das alle gleich ernährte.

An jedem Morgen, wenn die Sonne wieder,
Die Erstgeliebte kam, erklangen Lieder
Dem Herrn aus ihres Dankes Feierharfen.

Und wie sich hin vor Gott die Donner warfen,
Warf sich zur Erde, wenn, wie Gold erglommen
Sein Himmel glühte, dieß Geschlecht von Frommen.

XXII.

Von Salamis zog heim der Griechen Steuer
Siegreich und stolz, da ließ Neptun sich hören:
„Hellenen! dieses will ich euch beschwören:
Von heute sei des Meeres Herrschaft euer!"

Und in des Gottes Anruf mischte sich ein neuer
Zuruf vom Land — des Pindus alte Föhren
Erbrausten jauchzend auf in Päan-Chören,
Hoch vom Olymp erglühten Freudenfeuer.

Die Helden sprangen aus den Schiffen nieder;
Erst grüßten sie den Boden der Hellenen,
Dann rings am Strand all' ihre Theuern wieder.

Die Mütter aber opferten Athenen,
Und küßten beim Gesang der Siegeslieder
Mit Thränen ihrer Knaben Heldensehnen.

————————

XXIII.

Von Asien rückt ein Unthier, ein Centauer,
Verschlingend auf den Westen los; mit stieren
Eisblicken, die nach Land und Schätzen gieren,
Liegt's vor Europa lechzend auf der Lauer.

Am Ural wetzt es seine grimmen Hauer,
Sein Odem bläst ein eisiges Erfrieren,
Die Mächte, die in seiner Brust regieren,
Sind Knechtschaft, Elend, Furcht und Todesschauer.

Wer kennt den Unhold nicht? Indeß die Throne
Sein Schweif umringelt, kost sein offner Rachen
Den Herrschern zu, als ob er sie noch schone.

Nein! Zittert nicht, man kann ihn zittern machen,
Zeigt ihm die Freiheit, schwarz wird seine Krone
Und in den Abgrund stürzt das Haupt des Drachen.

XXIV.

Wer sind die beiden dort im Säulengange?
Die hehren Zwei bekränzt mit Siegeskronen?
Und um sie her zuckt Blitz auf Blitz in Kronen,
Und zischt aus grauem Schutt hervor die Schlange:

Uralte Fragen, nie gelöst, so lange
Darüber nachgeforscht ward seit Aeonen,
So weit den Erdball Sterbliche bewohnen,
Ertönen um sie her im Chorgesange.

Den Trotz des menschenliebenden Titanen,
Den Sturz des Zwingherrn und des Uebermuthes
Läßt Aeschylos mit eh'rnem Worte mahnen.

Die Liebe treuen schwesterlichen Blutes
Zeigt Sophokles, nach schmerzensdunklen Bahnen
Den Tod als Weihe jeden Erbengutes.

XXV.

Altenglands frohe Zeit nach blut'gen Schlachten
Taucht lachend vor mir auf, die feine Sitte
Bringt bunte Wortspiel' auf, und wie Granite
Gedanken aus den tiefsten Geistesschachten.

Noch schmettert, während Maskenzüge lachten,
Trompetenschall, noch gilt es kühne Ritte,
Und kühne Meerfahrt lockt; mit ernstem Schritte
Reckt sich die Vorzeit in das neue Trachten.

Um einen Dichter schwebt vom Meeresstrande
Der Elfenschwarm und zaubert seinen Träumen
Die Schönheit vor vom alten Griechenlande.

Und jene Göttin will es nicht versäumen,
Sie schlingt ihm einen Zweig um seine Bande
Aus dunkelsten von ihren Lorbeerbäumen.

XXVI.

Ein Geist rief: „Auf, ihr schwarzen Wolken alle,
Zum Heerbann ruf' ich: auf ihr wilden Jäger
Des Sturms! Voran Blitz, rother Fahnenträger!
Laßt los die Donner, daß der Abgrund schalle!

„Es schrie zu mir aus tiefer Kerkerhalle
Ein Hilfruf, und es rief zu mir ein Kläger:
„„Der Ungerechten Maß, o Seelenwäger!
Ist voll bis an den Rand; bring' sie zu Falle!““

„Ja ich erseh's, wie tief der Edle schmachtet,
Wie frech der Schlechte knechtet und meineidet,
Und wie er gleißt und heuchelt und verachtet!

„Der Welt vor's Auge den Beweis zu strecken,
Daß noch mein Schwert das Recht vom Unrecht scheidet,
Ich hab', Elende bebt! ich hab' noch Schrecken."

————

XXVII.

Die Freiheit schien für Corsika verloren,
Da plötzlich stieg ihr Held Renuccio wieder
Zum Volk aus Schluchten des Gebirgs hernieder,
Und hat zum Kampf die Jünglinge beschworen.

Umsonst! die alte Kampflust war vergohren,
Verschollen war der Klang der Rachelieder,
Da barg er, wie ein Aar in sein Gefieder,
In Felsen sich, fern von der Städte Thoren.

Nur selten sah man ihn noch da und dorten,
Und einst erschlug er einen Feind und zeigte
Auf dessen Pferd sich und mit Racheworten.

Ermordet lag er, als der Tag sich neigte;
Und man begrub ihn statt in Kirchhofpforten,
Wo Dickicht wilder Rosen sich verzweigte.

XXVIII.

Daß keinen Sohn ein Corsen=Weib gebäre,
So lang ein Genuese herrsch' im Lande,
Schwor Bincentello, bis nicht solcher Schande
Ein Rächer käm', ein Retter Aller Ehre.

Verrathen und verfolgt, bleibt nur im Meere
Ihm eine Zuflucht noch vor Kett' und Bande,
Doch da auch nimmt nach hartem Widerstande
Der Feind die ihn beschützende Galeere.

In Genua am Aufgang zum Palaste
Schlug ihm, dem Ruhelosen, Fürchterlichen,
Des Henkers Schwert sein Haupt ab, das verhaßte.

Kein Augenblick war thatlos ihm verstrichen,
Kein Tag nur, den er ohne Kampf verpaßte,
Und keinem Feinde war er je gewichen.

XXIX.

Umringt vom Feind, von Felsen eingeschlossen
Sieht Sampiero nah'n die Todesstunde,
Er ruft dem Sohn: „Erhalte dich dem Bunde
Der Corsen, letzter du von meinen Sprossen!"

Der Sohn gehorcht, er selbst, zum Tod entschlossen,
Wirft in die Gegner sich, aus mancher Wunde
Strömt schon sein Blut, die Seinen in der Runde
Sind todt, erschlagen hier, und dort erschossen.

Schon faßt er, die Pistole loszudrücken,
Den Feind ins Aug', allein der Schuß versagte,
Und ein Verräther schoß ihn in den Rücken.

So fiel, der tausendmal sein Leben wagte
Für's Vaterland, deß Lorbeern stets ihn schmücken,
Ein Leu, auf den so lang der Knechtssinn jagte.

XXX.

So, wie er muß, so baut sein Haus der Biber,
Und immer gleich der Bienenschwarm die Stollen,
Der Mensch jedoch pflügt stets in neuen Schollen
Und schießt mit immer stärkerem Kaliber.

Die hellen Köpfe sind die Kegelschieber,
Die andern sind die Kugeln, die nur rollen,
Wohin, wie weit, wie hoch es jene wollen,
Denn freilich blieben die in Ruhe lieber.

Das ist der alte Tanz, und Bresche schießen
Die Jüngern in des Alters volle Tasche,
Dagegen dieß sucht streng sich abzuschließen.

Zuletzt, da wird geblasen in die Asche,
Da wird gespart am Flickwerk von Genießen,
Und angeklammert an den Hals der Flasche.

XXXI.

Verdammen muß die Menschheit das Verbrechen,
Wofür denn hätte sie sich aufgerichtet
Aus roher Wildheit und die Nacht gelichtet?
Was darf ihr tief Gefühl für Recht bestechen?

Oft wagt's selbst nicht das Mitleid fürzusprechen,
Da selbst die Gnade auf sich selbst verzichtet,
Doch wer hat euch berechtigt und verpflichtet,
Den Mord durch einen grausern Mord zu rächen?

O fragt euch, wie es wohl um euch bestünde,
Hätt' euch erzogen in der gleichen dumpfen
Gemeinschaft euer Loos mit Schmach und Sünde?

Halt ein, Sonett! Du wirst kein Richtbeil stumpfen,
Doch „Heil und Sieg der Menschlichkeit" verkünde
Im voraus schon zu künftigen Triumphen!

XXXII.

Wie viele Zeit die Reichen nur verschwenden
Sich aufzupuhen, welche Zeit beim Mahle!
O stolze Fäulniß, schmück' dich nur und prahle,
Als könnte nie die Herrlichkeit mehr enden.

Sie wollen nichts als sich und andre blenden!
Denn glücklich sind sie nicht, nur Lügen, schale,
Gehn über ihre Lippen, Furcht nur, fahle,
Sitzt fest in ihren ausgestopften Lenden.

Das Gold ist hart, hart sind sie mit den Armen,
Unglück und Unschuld sind ihr sichres Opfer,
Sie sind voll Stolz und lächeln zum Erbarmen.

Die Zugeknöpften da, die Ohrverstopfer!
Die kalten Herzen, die durch nichts erwarmen,
An deren Thür gehört ein starker Klopfer!

XXXIII.

Vergränit hat euch das Leben, euch vernichtet
Den Jugendtraum, nun laßt ihr euch den Glauben
An Ideal und an Begeist'rung rauben,
Und habt auf jede Hoffnung schon verzichtet.

Und immer mehr seht ihr den Hain gelichtet,
Der einst euch heilig war, und eng're Schrauben,
Umziehn die Brust, und immer fest're Dauben,
Zuletzt seid ihr moralisch hingerichtet.

Allmächtig ward, worüber ihr einst lachtet,
Gewohnheit und Alltäglichkeit indessen;
Schwer wiegt nun, was ihr einst als Nichts betrachtet.

„Das Höchste was der Mensch hat, ist sein Essen.“
Der Wahlspruch gilt jetzt. Was ihr einst verachtet,
Seid ihr nun selbst: verschollen und vergessen.

XXXIV.

Wofür verblutend manches Herz gerungen,
Was Weise dachten, daß dafür noch kecker
Als Kriegheroen, auf dem Meer Entdecker
In kaum geahnten Welttheil vorgedrungen.

Was half's? Was, daß mit Feuerzungen
Die Wahrheit sprach? Die Licht= und Thaterwecker
Stets wurden sie durch blutige Vollstrecker
Von Arglist und Gewalt erlegt, bezwungen.

Das Höchste fällt in die gemeinsten Netze,
Das Reinste wird an schlecht Metall gelöthet,
Als ob ein ew'ger Hohn die Welt zersetze.

Ein altes Weib hat Mahomet getödtet,
Und vor Herodes tanzte seine Metze,
Die Locken von des Täufers Blut geröthet.

XXXV.

Die Waage, die das Loos der Völker schlichtet,
Ließ wieder sinken ihrer Schaalen eine,
Gefesselt an des Kaukasus Gesteine
Ward eine Freiheit wiederum vernichtet.

Doch hat dagegen sich die Nacht gelichtet
Im Land der Schönheit und der Lorbeerhaine,
Damit es nicht den Unterdrückern scheine,
Als würd' auf ewig ihnen Zoll entrichtet.

Wenn auch der Freiheit letzte Kämpfer fielen,
Doch bliebe die Natur mit ihr im Bunde,
Es würden Wüstenei'n ihr zu Asylen.

Das Meer blieb' ihre Wiege bis zum Grunde,
Und Berg' und Berge würden Thermopylen;
Der Willkür schlug, der Knechtschaft letzte Stunde.

———————

XXXVI.

Wie's fluthet durch die Gassen, die Bazare!
So komm, laß uns den ganzen Markt durchstreifen,
Gehütet von des Reichthums goldnen Greifen,
Liegt hier aus aller Welt die Christmeßwaare.

Vom Diademschmuck bis zum Flitterhaare,
Nach dessen Goldglanz Kinderhändchen greifen,
Vom Atlaskleid bis zu den Rosaschleifen
Sind Gaben da für alle Lebensjahre.

Wie's fluthet, drängt und rauscht! In wie viel Herzen
Sind wie viel Wünsche wach jetzt, bis nun wieder
Der Christbaum prangt, entfacht mit hundert Kerzen.

Dann wird es still. Die Kerzen brennen nieder,
Und auch die Wünsche so, die Träume, Wonnen, Schmerzen,
Und draußen durch die Nacht wehn Engelslieder.

———————

XXXVII.

Wer kniet heut Nacht vor deinem Sarkophage,
Galla Placidia, Haupt einst eines Reiches?
Ein Loos, so wechselvoll, wie kaum ein gleiches,
Ward dir im Weltbedrängniß deiner Tage.

Du hieltst in Glück und Unglück ihm die Waage,
Stund'st jedem Wechsel seines Wetterstreiches,
Schlug auch ein Frau'nherz nur in dir, ein weiches —
Du sagtest: „Muth, mein stolzes Herz, ertrage!"

Wen kümmert noch dein Loos? Selbst nicht die Steine!
Dein Steinsarg barst und Feuer durch die Spalten
Drang ein und fraß dein glanzumhüllt Gebeine.

Vielleicht im Goldgrund jene Lichtgestalten,
Die so voll Ernst bei trüber Ampeln Scheine
Dort im Gewölb die Todtenwache halten?

———————

XXXVIII.

Mir träumte jüngst von stolzen Schloßarkaden
Mit Götterbildern an bemalter Decke,
Die Bäume zugestutzt als feine Hecke,
Sie spielten, wie hier alles, Maskeraden.

Der Lorbeer war Poet und Serenaden
Entrauschten seinem Laub in jeder Ecke,
Er sang, daß sie mit Liebe nur ihn necke,
Der Pinie vor in zärtlichen Tiraden.

Ein gift'ger Bursch' mit glänzender Perücke
Ließ sich in jedem Gange sehn, die Myrthe
Am Spieltisch, aber niemals recht bei Glücke.

Der Taxus war Abbé, der schmachtend girrte
Zur schweigenden Cypresse, die voll Tücke
Dem Falter nachsah, der sie Nachts umschwirrte.

––––––––

XXXIX.

Am Morgen nach der Luft durchtanzter Nächte
Den Maskenanzug noch auf meinem Kleide,
Erkenn' ich nun zu meinem größten Leide
Wie vieles ich verlor durch fremde Mächte.

Wie viel hat Polen mich, wie viel der ächte
Tscherkesse mich gekoftet, all' die Seide,
Das Gold, die Perlen, Waffen und Geschmeide!
Am meisten doch war's Spanien, das mich schwächte!

Als Lazaroni schon kam ich mir theuer,
Doch theurer noch zu stehn, obwohl bewundert
Als reicher Bauer, jetzt erst drückt die Steuer!

Mit Bürgern aus dem vorigen Jahrhundert
Hätt' ich vor lauter Staat in einer Nacht,
Als Necker beinah' Staatsbankrott gemacht.

.

————

XL.

Von allen Masken hatt' ich mir die letzte,
Das letzte mir erwählt von allen Loosen,
Das schwerste — fern zu sein fortan vom Tosen
Des Weltlärms, der mich doch so oft verletzte!

Dem Becher, dessen Feuerquell mich letzte,
Rief ich leb' wohl, leb' wohl dem Liebeskosen;
Da sah ich schönste dich von Edens Rosen,
Die Gott in dieses Erdenthal versetzte.

Ach gönnt denn nie das Schicksal uns die Narben,
Und die Betäubung, wenn wir still geworden,
Im Wahn, daß alle Hoffnungen schon starben.

Nein, immer wieder um sie uns zu morden,
Bemalt der Tod sich mit den hellen Farben
Von Freuden, die in uns zertrümmert worden.

––––·–––·––

XLI.

Du weißt, das heit're Himmelsblau dort oben
Ein Schleier ist es nur, dahinter lauert
Das tiefe Schwarz, in dem das Weltall trauert
Um jeden Lichtstrahl, der in Nichts zerstoben.

Die Hand des Wissens hat ihn weggehoben
Den schönen Trug, doch unsre Seele schauert
Vor jener Nacht, die Alles überdauert,
Sie fühlt sich bang von ihrem Graun umwoben.

Mit deinem Schleier, Kind, dem himmelblauen,
Verhält sich's anders, der verhüllt gerade
Dein schön'res Augenblau, dem darf man trauen.

Zum Himmel blickend, denk' ich oft: wie schade,
Er lügt! Jedoch in deinen Blick zu schauen
Versöhnt mich wieder und ich schenk' ihm Gnade.

XLII.

Der Lorbeerrose dunkelrothe Blüthe
In deinen Locken war wie schlummertrunken
Auf deine weiße Schulter hingesunken,
Dein Athem flog und deine Wange glühte.

Du tratest zum Altan, der Himmel sprühte
Im Glanz der Winternacht demantne Funken,
Und du hast still empor zu Dem gewunken,
Der stets geschaut auf deine Herzensgüte.

Er hat dir immer treu den Arm geboten,
Er konnte schützend immer dich erreichen,
Wo deinem Seelenfrieden Feinde drohten.

Nun schickt herüber aus dem Land der Todten
Sein Geist dir eine Flocke Schnee zum Zeichen,
Du mögest nicht vom Weg der Unschuld weichen.

———————

XLIII.

Oft wie ein Vorwurf klingt es leise klagend
Mir in die Seele tief von deinem Munde;
Ich weiß es ja, ich hätte meine Wunde
Verschließen sollen, standhaft dir entsagend.

Ich durfte, statt so kühne Träume wagend
Dich stumm nur lieben, segnen nur die Stunde,
Da ich dich fand, doch nie zum inn'gen Bunde
Die Hand dir reichen, streng mein Leid ertragend.

O wirf sie, wenn dich meine Kränze drücken,
Wirf sie von dir, verbiet' mir, untersage,
Wenn dich es schmerzt, mein frevelhaft Entzücken!

Anstatt auf Flügeln dich emporzutragen,
Will ich mit einem Trauerflor dich schmücken,
Wenn nur nicht deine Blicke mich verklagen.

XLIV.

Hat nicht auch dich der Irrthum müdgepeinigt,
Hat nicht auch dich der Himmel längst verlassen,
Stehst nicht auch du allein umringt vom Hassen,
Vom Hohn der Welt getreten und gesteinigt?

Von Trug sind unsre Seelen nun gereinigt,
Wir sehen jeden Wahn vor uns erblassen;
Wie Wellen sich im Wasserfall umfassen,
Laß in den Tod uns gehen, frei, vereinigt!

Was hoffst du noch? die Röthe deiner Wangen
Ist nur noch Fiebergluth, und nur noch Fiebergluthen
Nährt unser Hoffen, Streben und Verlangen.

Was hoffst du noch, ein langsam still Verbluten?
O komm! ein düstrer Tag ist untergangen,
Wie friedlich liegt die Nacht auf jenen Fluthen!

———————

XLV.

Erblick' ich sie mit Schmuck und Ziergehenken
Im falschen Haar beim falschen Kerzenschimmer
Die stolzen Damen all', so muß ich immer
An dich, mein einsam Kind, mit Wehmuth denken.

Wie du mit nichts prangtst, als mit den Geschenken,
Die die Natur dir gab, wie du im Zimmer
Allein jetzt weilst bei deiner Lampe Schimmer
Und sich in Wehmuth deine Blicke senken. —

Wenn ich das denk', wird seltsam mir zu Muthe,
Ich möcht' am Weg mich wie ein Bettler setzen
In Nacht und Frost, als käm' das dir zu Gute;

Als könnte Leid an mir es dir ersetzen;
O fühl's, daß ich für dich im Stillen blute,
Daß Thränen mir um dich das Auge netzen!

———————————

XLVI.

Manch Hochgepries'ne kann doch nur gefallen,
Wenn sie geschmückt ist, du schon, wenn ich sehe
Dich eifrig lesen; dann, ja ich gestehe,
Dann bist die Schönste du von allen, allen!

Wenn um dein ernst' Gesicht die Locken wallen,
Als ob ein Sturm des Geistes sie durchwehe,
Der dann in deine Lippen übergehe,
Auf denen Worte, scheint es, sanft verhallen.

Du senkst das Haupt gedankenvoll zum Buche,
Und deine Hand hält eine Blume spielend,
Als ob sie auch bei ihr Verständniß suche:

Dein Blick, in Tiefen der Betrachtung zielend,
Durchdringt den Inhalt, ich indeß, versunken
In dich, betrachte dich nur, freudetrunken.

XLVII.

Hinunter sind sie unversöhnt gestiegen,
Die ich geliebt, ins Grab mit ihrem Grolle,
Sie ließen dem Enterbten keine Scholle
Und keine Frucht und keine Segnung liegen.

Dem Schatten der auf mir lag, obzusiegen
Versucht' ich lang — umsonst! Komm' nun was wolle,
Ich weiß, daß ich kein Friedenswort mehr zolle
Dem Schicksal, das ich nicht vermocht' zu biegen.

Ich hab nur dich, doch was ich auch verloren,
Durch deine Liebe wird mir eine schöne
Versunk'ne Welt noch einmal neu geboren.

Wie viele Stimmen, wie verbundne Töne,
Sind theure Schatten mir zurückbeschworen
Durch dich, daß ich in dir sie mir versöhne.

XLVIII.

Gleichgültig seh' ich's jetzt, wie von der Linde
Das welke Laub weht, auch die Dämmerstunden,
Die sonst ich ohne Wehmuth nie empfunden,
Sind mir gleichgültig jetzt wie Schnee und Winde.

Ob eine Zeit, ob dies ob das entschwinde,
Mir gilt es gleich, ich habe dich gefunden,
Mein Tag bist du, so ist mir nichts entschwunden,
So lang' ich dich, in dir den Himmel finde.

War's nicht im Herbst, in einer jenen langen
Spätdämm'rungen? Ich hatte dich begleitet,
Und durch die Heide kamen wir gegangen;

Sieh, jener Stern, der durch die Nebel gleitet,
Glomm dort wie heut von Wolkendunst umfangen,
Doch all sein Glanz schien nur um dich gebreitet.

XLIX.

Wenn mich die Welt mit hohlen Redensarten
Schon faſt erſtickt hat, und es mir ſo bitter
Und elend wird, dann als mein Samariter
Sprichſt du zu mir mit Worten, wunderzarten.

Mit Worten, die den ſüßen Duft bewahrten,
Den nur ein edles Herz hegt, keine Flitter,
Kein Falſch — die auch verſteht kein Dritter,
Obwohl ſie nichts als Wahrheit offenbarten.

Einſt, wenn mich alle längſt vergeſſen haben,
Dann kommſt doch du, und legſt mir Lorbeerzweige
Aufs Kreuz hin, unter dem ich bin begraben.

Vergib, daß deinen Preis ich nicht verſchweige:
Was tief iſt, das allein iſt auch erhaben;
Was ſtolz zurückhält, werth, daß ſich es zeige!

L.

Athene, der du gleichst, sie hat gewaltet
Im Bildungsgang der Menschheit zu der Sitte,
So war sie auf dem Parthenon in Mitte
Der Götter abgebildet, schön gestaltet.

Von ihr kam, was die Macht der Kunst entfaltet,
Zu ihr alljährlich kam im Chortanzschritte
Der Festzug, ihr vor allen galt die Bitte:
„Ihr hohen Götter schützet und erhaltet!"

Ich sah dich einstmals mir entgegenkommen —
Bedeutungsvoll genug, — beim Säulengange
Der Propylä'n, der Abend war erglommen;

Es war die Zeit vor Sonnenuntergange;
Ich hab', o Muse, deinen Wink vernommen,
Du riefest mich noch einmal zum Gesange.

V.

Die Mosel.

Freie Uebersetzung der „Mosella" des Ausonius.

Die Mosel. [1]

Die rasche Nahe hatt' ich überschritten,
Als dicht der Nebel auf dem Strome lag
Und dort, wo Gallien eine Schlacht gestritten,
So glücklos einst, wie Rom an Cannäs Tag,
Dort schaut' ich nun, aufs neue fest ummauert,
Das alte Vincum; [2] Schaaren Todter ruh'n
Auf allen Feldern, grablos, unbetrauert, [3]
Und unbeweint, und darauf weiter nun
Betrat ich einen Pfad in Waldesschatten,
Wo Menschenwerk und Menschenthun
Noch keine Spur zurückgelassen hatten.
Dumnisum [4] dann durchreisten wir, wo rings
Der dürre Boden lechzt, versengt und trocken,
Drauf fort und weiter nach Tabernae ging's,
Das Quellen hat, die nie versiegend locken,
Dann über ein Gebiet, das sich erstreckt
Wo man für eine Colonie Sarmaten
Erst neulich einen Landstrich abgesteckt;
Als wir auch dies durcheilt, betraten

Der Belgier Grenze wir und nahten
Nivomagus, 5 das jetzt vor uns erschien,
Die hochberühmte Burg des Constantin. —

Hier weh'n schon rein're Lüfte durchs Gefild,
Und Phöbus schon mit heiter'm Licht erschließt
Den purpurnen Olymp verklärt und milde,
So weit du schauen magst, dein Blick genießt
Hier nicht gehemmt von Zweigen, die verschlungen
Ein Dunkel bilden grüner Dämmerungen,
Des Tages Glanz, den vollen Sonnenschein,
Und saugt voll Lust den goldnen Aether ein.

Wie da mich meines schönen Vaterlandes
Bordeaux' gemahnte, was ich reizend sah;
Die Villen auf den Höhen längs des Strandes,
Die grünen Rebenhügel fern und nah,
Und lieblichen Gewogs darunter hin
Der Mosel murmelnd still Vorüberziehn!

Sei mir gegrüßt, o Strom du, hochgepriesen
Ob Land und Leuten! Belgien dankt
Die Stadt dir, die des Throns sich werth erwiesen, 6
O Strom von Duft erfülltem Wein umrankt,
Besäumt von Ufern mit den grünsten Wiesen,
Dem Meer gleich trägst du Schiffe, du rollst Wogen
Als Strom dahin und scheinst ein See zu sein
An klarer Tiefe, während hingezogen

Du rieselst wie ein Bach und frisch und rein,
Gewährt dein Trank das Labsal einer Quelle.
Du bist ein See, so still nur einer ruht,
Ein Bach, ein Fluß im Strömen deiner Welle
Und meergleich schäumt zwei Borden deine Fluth;
Du wogst in Ruhe hin, kein Windeswehen
Hält dich in deinem sichern Lauf,
Kein Trotz versteckter Klippen auf.
Auch hast du keine Furten auszustehen,
Die erst dich hemmen könnten und sodann
Dich zwängen, deinen Anlauf zu erneuern,
Ja auch kein Land, das mitten aufragt, kann
Dich auf dem Weg nach andrer Richtung steuern;
Es widerfährt dir nicht an deiner Ehre,
Daß man dich keinen rechten Fluß mehr nennt,
Wie das geschähe, wenn ein Eiland wäre
Und hielt in zwei der Arme dich getrennt.

Zwei Wege sind es, die dir sind verliehen,
Stromabwärts fährt mit Ruderschlag der Kahn,
Stromaufwärts am Gestad mit vielen Mühen
Am Zugseil straff, das immer nachläßt, ziehen
Das Masttau mit dem Nacken Schiffer an.
Du siehst dich oft auf deinem eignen Wege
Dich im Zurückfluß mit Verwund'rung an,
Dann scheint's dir selbst, als ob du fast zu träge
Hinzögst die dir vorherbestimmte Bahn.

Kein Schilf verdeckt, aus trübem Moore sprießend,
Kein Schlamm dein Ufer, man gelangt ganz leicht
Und trocknen Fußes hin, wo sauber fließend
Dein Wellenschlag den nahen Strand erreicht.

Zieh' nun dahin und leg' mit Porphyrplatten
Den glatten Estrich in des Reichen Haus
Und in getäfelter Gemächer Schatten
Breit' ein Gefild von hellem Marmor aus!
Ich aber, der ich als gering verschmähe,
Was Gold und Reichthum gab, will einzig nur
Bewundernd schau'n die Werke der Natur,
Wo keines Schwelgers Sorgen in der Nähe,
Wo auch die Armuth nicht noch eine Lust
Selbst ein Verschwenden findet im Verlust.

Der Boden hier besteht aus festem Sande,
Von leisen Tropfen aus dem Strom benetzt,
Und keiner Tritte Spur läßt an dem Strande,
Wer seinen Fuß an dieses Ufer setzt.
Durchsichtig, bis hinab krystall'ne Reine —
Und kein Geheimniß birgt der lichte Grund,
Wie wenn der Himmel sich beim Sonnenscheine
Dem Aug' gibt bis zur fernsten Ferne kund,
Wenn auch die Luft mit nur gelindem Wehen
Dem Blick nicht wehrt ins Weite auszuschau'n,
So kann man bis zur tiefsten Tiefe sehen,

Und lang betrachtend sieht man alles; traun
Ihr Heimlichstes erschließen uns die Wellen
Und öffnen sich, indessen sie zugleich
In sanfter Strömung fliehn und hingezogen
Gestalten zeigt das blaue Wasserreich.

Wie sich im Sand die Spur vom Gang der Wellen
In Furchen kräuselt; Gräser in das Grün
Des Grundes hingebeugt, erzittern, schwellen
Und ihre Blätter vom Darüberquellen
Sich schaukeln lassen; wie sie her und hin
Und unter'm Wasser schwanken auf und nieder,
So sieht man bald den Stein im Grunde blos,
Bald leuchtend, bald verbirgt er sich uns wieder
Und man erkennt das Kies im grünen Moos.

Es gibt was Aehnliches im Land der Schotten,
Wenn dort die Meeresflut zur Ebbezeit
Vom Ufer wich, so sieht man in den Grotten
Und offen da einander angereiht
Korallen, rothe, grüner Algen Kranz,
Und die wie Zweige von den Muscheln stammen,
Die hellen Beeren, deren reiner Glanz
Des Reichen lüstern Auge gern entflammen,
Die unter'm Meer durch ihre Aehnlichkeit
Mit schimmernden Topasen und Türkisen
Dort nachzuahmen scheinen ein Geschmeid,

Wie wir's wohl hier uns gern zum Schmuck erkiesen.
So läßt die Pflanzenwelt auch in dem klaren
Gewog der Mosel durch den Unterschied
An Farbe jedes Steinchen leicht gewahren;
Das man dazwischen eingelagert sieht.
Allein das Auge, das so weit gedrungen,
Ermüdet bald durch einer Täuschung Spiel:
Denn tummelnd regt sich unten dicht verschlungen
Der Fische schlüpfrig wimmelndes Gewühl.

Die Arten all' und jeder Art ihr Schwimmen
Und welche schaarweis ziehn des Stromes Lauf
Entgegen, aller Abkunft zu bestimmen,
Wer sagte das, wer zählt sie alle auf?
Und nicht erlaubt es, der dem Meer gebietet
Und mit dem Dreizack seiner Fluthen hütet.

Najade, die du diese Flußgestade
Bewohnst und hältst, führ' an den Reigen du!
Den Chor geschuppter Völker meld' und lade
Die Schaaren alle vor, soviel die Pfade
Der blauen Fluth beschwimmen ab und zu!

Da leuchtet aus dem Sand, dem grasbesä'ten,
Der Großkopf her, ein schuppiges Geschlecht,
Sein Fleisch ist zart, doch sehr durchspickt von Gräten
Und nach sechs Stunden nicht mehr tischgerecht.

Der Sälbling folgt, deß Rücken nicht zu spärlich
Mit Purpurstreifen prangt, es folgt auf ihn
Der Rhedo, der durch Gräte nicht gefährlich,
Und dann die Aesche, die im Nu dahin
Dem Blick entflieht, so blitzschnell kann sie schwimmen;
Und du, die von der Saar und ihren Krümmen
Durch Schlünde dich bis dahin hast gedrängt,
Wo deren Mündung sich in sechs ergossen
Durch Klippenpfeiler mit Gebraus sich zwängt,
Hier Barbe, regst du freier deine Flossen,
Da dich ein Fluß von größer'm Ruhm empfängt!
Von allen Athmenden nimmst einzig du
Im Alter an gepries'ner Feinheit zu!
Auch dich nicht, Salme, möcht' ich übergehen,
Du mit dem Fleisch von zarter Rosengluth,
Wohl kann man's oben auf der Welle sehen,
Wenn du von unten mitten in der Fluth
Die Welle schlägst mit deinem breiten Schweife,
Du mit dem Schuppenpanzer um die Brust
Und an der Stirn so schlüpfrig, dich ergreife,
Wer noch beim leckern Mahl nicht recht gewußt,
Wohin sich wenden, dich als Leckerbissen;
Man wird, auch wenn man lang dich aufbewahrt,
Doch nicht den Wohlgeschmack an dir vermissen.
Durch Flocken auf dem Kopf ist deine Art,
Und ausgezeichnet dadurch, wie so mächtig
Der Bauch in Fülle schwappelt hin und her,

Und wie vom vollen Wanst so feist und prächtig
Der ganze Leib erscheint gemästet schwer.

Und du, von der es heißt, daß man, o Quappe,
Im Donaustrom und in Illyrien dich,
Wenn dich dein eigner Schaum verräth, ertappe,
In unserm Fluß auch hast du deinen Strich.
Daß ja nicht dich, gefeierten Gesellen,
Entbehren unsrer Mosel munt're Wellen!
Wie farbig hat dich die Natur bedacht!
Es zeichnen schwarze Flecken deinen Rücken,
Die gelb umringelt einer Iris Pracht,
Dann schlüpfrig oben, von azurnem Blau,
Bis zu des Körpers Mitte fett, von jetzt
Wird deine Haut nach unten fest und rauh,
Und bis im Schweif so hart wie Horn zuletzt.

Und dein, o Barsch, wie könnt' ich dein vergessen,
Die du der Tafel Wonne bist, allein
Nur du kannst dich mit Meeresfischen messen,
Von allen Flußerzeugten. Müßt' es sein,
So könntest du sogar die Wette wagen
Mit einer ros'gen Barbe aus dem Meer,
Denn daß du schwach nur schmeckst, wird Niemand sagen;
An deinem kräft'gen Leib bestehn vielmehr
Die Theile sämmtlich aus compacten Stücken,
Die nur vielleicht zu viele Gräten spicken.

Hier wohnt mit seinem edeln Römernamen
Auch Lucius, der Teiche Herr, der Hecht,
Der für der Frösche klagendes Geschlecht
Der schlimmste Feind ist, den sie je bekamen.
Er hält sich gern verborgen unter Binsen
In Löchern auf, die dicker Schlamm umwand,
Und ist kein ausgewählter Gegenstand
Für seine Tafeln, den Tribut ihm zinsen
Garküchen nur, geschwärzt von Dampf und Rauch,
Da bratet er in eklem Qualm denn auch.

Wer kennt nicht auch des Volkes Lieblingsspeisen,
Euch, grüne Schleien, wer den Weißfisch nicht,
Der Knaben Angelfang und — niedern Kreisen —
Die Aschen, wohlbekannt als Leibgericht?
Die du nicht Lachs mehr und noch nicht Forelle,
Auch dich, o Lachsforell', erwähne ich,
Du bist nicht der, noch die, und auf der Stelle
Von solchem Mittelzustand fängt man dich.

Als einer dieser Flußcohorten bleibe
Der Gründling auch nicht unerwähnt, er ist
Der Länge nach mit seinem ganzen Leibe
Zwar nur zwei Hand breit groß, wenn man ihn mißt,
Den Daumen nicht miteingezählt; dagegen
Höchst fett und rund und ist von dicker Art,
An seinem Bauch des Rochens wegen,
Auch trägt er wie die Barbe seinen Bart.

Nun dein Ruhm soll, o großer Wels, uns glücken,
Du Meergethier, du zeuchst im Strom dahin,
Als flöße Salböl über deinen Rücken,
Und so bedünkst du mich ein Flußdelphin,
Mit Mühe nur gelingt dirs durchzukommen
Mit deinem langen Leib durch Furt und Rohr;
Doch bist ins tief're Wasser du geschwommen,
So wogst du stolz dahin; der ganze Chor
Von blauen Fischen sieht dich an, befallen
Von Staunen, staunend sieht das Land dich an,
Die Wellen auch, in voller Brandung wallen
Aus ihrem Bette sie bei deinem Nah'n
Und überfluthen die zunächst dem Strande
So wie ein Walfisch in dem Ocean
Vom Sturm vertrieben oder selbst zum Lande
Heran sich wälzt; er drängt zurück das Meer.
Es thürmen hoch empor sich rings die Wogen
Und kleiner scheint selbst das Gebirg umher;
Doch unser Walfisch ohne Arg und Tücken
Dient nur, den Strom noch mehr zu schmücken.

Nun aber haben wir genug erfahren
Und von der Wasserwelt mit angesehn,
Und aufgezählt der Fische glatte Schaaren,
Laßt uns zu andern Scenen übergehn:

Wie über sanft ansteigenden Gefilden
Der Gipfel ragt, wie Fels und sonnbeglänzt

Das Joch, die Bucht, die Biegung, rebumkränzt
Ein ganz natürliches Theater bilden,
Und überall zu Fest und froher Labe
Winkt unserm trunk'nen Blick die Bachusgabe,
So schmückt sie auch des Gaurus [7] Höh'n die Holde
Und Rhodopen [8] und auch Pampäus strahlt
Mit seinen Höh'n im eignen Traubengolde.
So grünt auch, der im Thraziermeer sich malt,
Der Hügel Ismarus und so voll Reben
Die goldene Garonne; ringsum blüht,
So hoch am Strom' die Hügel sich erheben
Das Gottgeschenk, aus dem die Freude sprüht.
Die Leute bei der Arbeit froh und munter,
Und Pflanzer eilen ohne Rast und Ruh'
Den Berg hinauf und wieder dort hinunter,
Und jauchzen sich einander lustig zu.

Der Wandersmann, am Strand vorüberwallend,
Der Schiffer gleitend auf dem Schiff dahin,
Singt jezuweil ein spöttisch Liedchen schallend
Dem Winzer zu, der etwas säumig schien;
Davon erschallt es dann an Fels und Halde
Und im Gewog des Stroms und aus dem Walde.

Und nicht nur Menschen ladet zum Genusse
Die Anmuth der gewundnen Landschaft ein,

Hier geben sich auch Nymphen aus dem Flusse
Und Satyr'n von dem Land ein Stelldichein.
Wenn kecker Muthwill' treibt bocksfüß'ge Faune,
Daß sie die Furt durchstampfen und umher
Die Schwestern schrecken in verwegner Laune
Und plätschern auf dem Wasser plump und schwer.
Wenn mitten aus den Hügeln manchesmal
Die Nereïde unter Oreaden,
Die ihr befreundet, eine Traube stahl,
So kommt sie schleunig nach den Flußgestaden,
Um vor den Feldflurgöttern zu entfliehn,
Die ihr zu lustig schienen und zu kühn.

Und wenn die Mittagssonne flammt, zum Reigen
Dann schlingen sich am Strom, der ihnen eigen,
Die Satyr'n, sagt man, mit dem Nymphenchor.
Die Hitze gönnt da solch' verschwieg'ne Stunden,
Wo alle Menschen weit und breit verschwunden,
Wo vor der Glut sich jeder Laut verlor. —

Die Nymphen sollen dann in ihren Gumpen
Sich höchlich freu'n, sie necken sich und hüpfen
Und übergießen und bepumpen
Die Satyr'n, deren Händen sie entschlüpfen,
Wenn diese, die nur schlechte Schwimmer sind,
Die Nymphen haschen wollen und geschwind
Statt auf ein schönes Kind — ins Wasser plumpen.

Von dem jedoch, was Niemand noch geschaut,
Sei mir erlaubt, ein wenig was zu sagen,
Was als Geheimniß ward dem Strom vertraut,
Soll keine Neugier anzutasten wagen:

Nur dann ist aller Reiz des Stroms entfaltet,
So daß man Alles frei genießen kann,
Wenn spiegelnd sich in seinem Blau gestaltet
Der Hügel schattig Grün, es scheinen dann
Die Wellen mit dem Laube sich zu gatten
Und Reben tauchen aus dem Strom hervor,
O welche Farbenpracht, wenn mit dem Schatten
Der Dämm'rung blinkt der Abendstern empor!

Zur Mosel senken sich die Höhen alle,
Ihr Umriß schwimmt und schimmert auf der Fluth,
Die ferne Ranke bebt, und im Krystalle
Der Wellen schwillt der reifen Traube Gluth.
Der Schiffer zählt getäuscht die grünen Reben,
Und auch der Fischer, welcher seinem Kahn
Die Richtung mitten in dem Strom gegeben,
Wo sich in ihrem Bild einander nah'n
Die beiden Ufer und sich zu vereinen
Und ihren Schatten zu vermengen scheinen.

Und ferner, welch ein lieblich Schauspiel geben
Die Ruderboote, wenn sie auf dem Fluß

Wetteifernd sich umkreisen, welch ein Leben!
Wie jedes manche Wendung machen muß,
Und wie am Ufer sie dabei berühren
Die Hälmchen auf gemähter Wiesen Grün,
Wie sich dabei die Schiffelenker rühren,
Bald hinten in dem Kahn, bald vorn sich müh'n,
Und junges Volk am Ufer hin und wieder
Sich tummelt! Während dies nun Jedermann
Mit ansieht und kaum merkt, daß sich hernieder
Die Sonne neigt, so zieht auch Jeder dann
Das Spiel der Arbeit vor und läßt im Glück
Der Gegenwart, was Sorge war, zurück.

Ein ähnlich heit'res Fest sieht sich bereitet
Am Meer von Cumä, Liber, wenn er dort
Des Gaurus rebumpflanzte Höh'n beschreitet,
Die schwefeldampfenden, und weiter fort
Am qualmenden Vesuv die Weingelände,
Wenn Venus ob des Sieges, den August
Bei Actium erfocht, die Feuerbrände
Der Schlacht nachspielen läßt in froher Lust
Von Amoretten, wie sich die vom Niele
Und wie die Flotte Roms sich schlug am Fuß
Der Burg von Leukade. 9 Durch gleiche Spiele
Wird auch das Treffen, Kampf und Siegesgruß
Der Schlacht von Milä 10 mimisch dargestellt.
Wobei dann von Eubäas Cymbelklängen

Der hallende Avernus wiedergellt.
Wie solch unschädlich Stoßen und Bedrängen
Der Schiffe, wie dies ganze Bild der Schlacht
Das Vorgebirg Siciliens gesehen,
Im Meer sich spiegelnd, so, man muß gestehen,
So ist's auch hier; wie dort die helle Pracht,
Ein frohes Volk, der Fluß und an den Kähnen
Der Farbe Schmuck, es sind dieselben Scenen.
Wenn über all dies noch in schönster Helle
Die Sonne glänzt in ihrem Strahlenlauf,
So schaut ganz ähnlich wieder aus der Welle
Ein doppelgängerisches Bild herauf,
Und wie zur Rechten bald und bald zur Linken
Einander sich die Rud'rer lösen ab,
So sehn sie, wie die Fluth sie wieder gab,
Aus ihr sich immer wieder Andre winken.
Am eignen Abbild freut sich da die Jugend
Und schauet mit Verwund'rung aus dem Kahn
Zum Spiegel in den Fluß hinunterlugend
Die täuschenden Gestalten an.
So glaubt ein junges Mädchen wohl im Wahn
Die eigne Schwester leibhaft in der Nähe,
Wenn's erstemal die Amme ihr, dem Kind,
Den treuen Spiegel vorhält, daß sie sähe,
Wie schön gescheitelt ihre Locken sind.
Und — sieh nur, dem Metalle gibt sie Küsse!
Ach unerwiederte, und will sogar

Die Nadeln stecken und vermeint, sie müsse
Vom Stirnrand streichen mit der Hand das Haar.
So gibt denn auch der Jugend in dem Nachen
Das Schattenspiel im Wasser Stoff zum Lachen.

Doch wo den Zutritt leicht der Strand gestattet,
Da sucht die sämmtliche Bevölkerung
Den Flußgrund aus; weh', Fischlein, euch beschattet
Umsonst des Stromes scheue Dämmerung!
Der Eine rafft zusammen im geschickten
Hereinziehn seines Garns weit aus der Fluth
Die Schaar der im geknüpften Netz verstrickten,
Ein Andrer lenkt, da wo die Strömung ruht,
Ein schwimmend Netz, durch Korkholz angedeutet,
Indeß ein Dritter seinen Fang erbeutet,
Indem er auf dem Felsen vorgebeugt
Zum Wasser drunten die gebog'ne Spitze
Der Ruthe senkt, die sich geschmeidig neigt;
Er wirft die Angel aus, die nirgends zeigt,
Daß hinter ihr der Tod am Köder sitze.
Hat nun, nichts ahnend, einer angebissen
Und merkt es dann zu spät, wenn ihm den Schlund
Das Eisen, das verborg'ne, wund gerissen,
So gibt er das durch Zappeln selber kund,
Worauf sogleich mit kräuselndem Bewegen,
Zur Schnur, die plötzlich zuckt, die Gerte nickt,
Und alsbald, ohne langes Ueberlegen

Schnellt jetzt herauf mit raschem Zug geschickt
Der Knabe seinen Fang und auf die Seite,
Es schwirrt die Luft wie Geißelknall darein
Wie Windespfeifen und es hüpft die Beute
Noch triefend hoch empor vom trocknen Stein,
In Todesängsten vor dem Stral der Sonne.
Das Leben, dem der Strom war lauter Wonne,
Verzehrt sich hier in athemloser Pein.
Schon zuckt der Körper hin in matten Streichen
Am Schweife, schon der Todesstarre nah,
Ersterben bald die letzten Lebenszeichen.
Der Schlund geht nicht mehr zu, die Kieme, da
Wo Luft sie schnappte, stößt im Todeshauche
Die Lüfte sterbend wieder von sich aus;
So holt und hält die Klapp' am Blasbalgschlauche
Den Windzug bei der Esse Glutgebraus.
Doch kam's auch vor, daß ich schon manche sah,
Die plötzlich — waren sie dem Tode nah —
Noch einmal ihre Kraft zusammennahmen
Und hochauf und kopfüber, wohlgemuth
Hinab sich stürzend wieder in die Flut
An der sie schon verzweifelt hatten, kamen.

Der Knabe, über den Verlust erbost,
Läßt sich von seinem Eifer überraschen,
Stürzt ihnen nach vom Fels und glaubt getrost,
Er könne sie mit Schwimmen noch erhaschen.

So sprang auch Glaukus [11] einst ins Meer hinab,
Bewältigt durch die Macht der Zauberkräuter,
Die seinen Fischen wieder Leben gab;
Nun schwimmt er selbst, einst ihr Erbeuter,
In ihren Reihen dort mit Netz und Stab.

Dies Alles schaut am Strom auf Felsen hangend
Von hoch herab der Villen langer Zug,
Getrennt vom Strom in mannigfachem Bug,
Und beide Ufer schmückt ihr Anblick prangend.
Wer mag da noch bewundern Sestos Meer,
Abydos und des Hellespont Gestade?
Und wen erstaunt die Brücke noch so sehr,
Die von Chalcedon über Meerespfade
Der große König [12] schlug, wo fluthend trennt
Die Länder Asiens von Europas Schwellen,
Das zwischen beiden wogt, das Element
In Mitte beider — des Euripus Wellen?
Hier gibt's ein Wüthen nicht wie auf dem Meere
Und keinen Sturm, der an die Wolken reicht:
Hier ist es im Gespräche zu verkehren,
Und Unterhaltung anzuknüpfen leicht;
Von einem sich zum andern Ufer grüßen,
Die Hände reichen kann man sich beinah'
Und mitten, wo des Stromes Wellen fließen,
Trifft sich der Echoruf von dort und da.
Wer schildert all' den Aufwand hier, betrachtend

An jedem Landgut, was im Ueberfluß
Der Bau an Schönheit bietet? Nicht verachtend
Säh' jenes Kunstwerk selbst ein Dädalus;
Er, der den Tempel auf Euböa baute
Und den, als er den Sturz des Icarus
Im Golde darzustellen sich getraute,
Der Schmerz um ihn, um seinen Sohn, vom Schluß
Des Werkes abhielt, auch nicht Jener, [13]
Der hochberühmt beim Feind sogar im Krieg
Um Syrakus den Römern lang den Sieg
Hinauszog, noch auch Philo, der Athener. [14]

Im zehnten Buch des Markus [15] von den sieben
Weltwundern ist wohl auch, was hier
Erhabenes geschaffen ward, beschrieben.
Menekrates, [16] der ewig eine Zier
Der Künste sein wird und auch Ephesus
In seiner Pracht, sind hier, und was vollendet,
Einst auf der Burg Minervas Iktinus, [17]
Deß Eule manchen Vogel schon verblendet
Durch ihr naturgetreues Farbenspiel,
So daß er ihr genaht am hellen Tage
Und dann getödtet vor ihr niederfiel,
Erdrosselt unter ihrem Flügelschlage.
Hat hier nicht auch Dinochares [18] gewaltet,
Der einst im ptolomäischen Palast
Die Pyramide baute, deren Last

Vierseitig sich zum Gipfel aufgestaltet?
Es hebt sich konisch und es deckt der Bau
Am Mittag seinen Schatten sich genau.
Man sieht auch von demselben in Aegypten
Ein Bild Arsinoes im Tempel dort,
Gemacht für ihren Bruder und Geliebten.
Hoch an der Wölbung hält in einem fort
Magnetisch eine Nadel fest das Kind
An seinen Locken, die von Eisen sind.

Von solchen Künstlern oder ihres gleichen
So setzt man wohl mit Recht voraus, daß hier
Die Häuser aufgebaut sind, diese reichen
Und schönen Villen, ihres Stromes Zier.
Auf hohen Felsen ist der Einen Stelle,
Wo weit das Ufer vorspringt in die Welle,
Die dritte flieht landeinwärts mit dem Strand
Und hat Besitz von ihrem Strom genommen,
Da wo die Bucht ihn hat herein bekommen.
Den Hügel, der zunächst ragt bei dem Fluß;
Beherrscht mit einer weiten Fernsicht jene,
Man sieht auf Land und Wald, und Hochgenuß
Gewährt der Landschaft reiche Scene.
Denn gleich als läg' vor ihm sein eigen Gut,
Erfreut an ihr sich höchlich der Beschauer
Und die im Grund auf feuchter Wiese ruht,
Ersetzt durch eines Thurmes hohe Mauer

Den Fehler ihrer Lage; mächtig strebt
Ihr Giebel auf, ihr Thurm ist zu vergleichen
Dem Pharus, der vor Memphis sich erhebt
Und scheint bis an des Himmels Höh'n zu reichen;
Dann wieder eine hat die Eigenschaft,
Daß vom umzäunten Tümpel sie die Schwärme
Dort eingeschloss'ner Fische bringt zur Haft,
Inzwischen naher Klippen an der Wärme.
Und fern herunter schaut noch die zum Schluß,
Die nistend auf dem höchsten Felsenbogen
Mit schwindelndem Herabblick sieht zum Fluß,
Der unter ihr dahinrollt seine Wogen.

Was soll ich noch der Atrien, sich schmiegend
An grüner Wiesen Flur, Erwähnung thun,
Und jener Dächer, die darüber liegend,
Auf unzählbaren Säulen ruhn?
Und wie es aus den Bädern längs des Flusses
Herauf aus überwölbten Mauern raucht,
Wo sich das Feuer, prasselnden Ergusses
Hinwälzt und Gluthen aus in Dämpfe haucht?
Denn die es aus der Oesen Brand genommen,
Die wälzt es durch die Hohlgewölbe fort,
Und läßt in Masse dann an jedem Ort
Hervor die eingeschloss'nen Dämpfe kommen.
Ich sah, daß Manche, matt vom heißen Bade
Anstatt der Wanne, statt der Fluth im Teich

Der frischern Welle sich zu freu'n, sogleich
Ein Flußbad nahmen und nun bald gerade
Dadurch gestärkt, das eisigkalte
Gewog des Stroms durchschwammen, daß es schallte.

Ja käm' von Cumä her ein Fremder jetzt,
Er wähnte Bajä's ganze Lieblichkeit
An dies Gestade plötzlich her versetzt,
So hold blüht Alles hier und so geweiht.
Und dennoch ist, trotz all' dem schönen Leben
Zur Ueppigkeit ein Anlaß nicht gegeben.

Wann aber hör' ich auf, bir Lob zu singen
Und deiner blauen Flut, o Mosel du,
Dem Meere gleiche? Flüsse, zahllos dringen
Weithin in manchen Windungen dir zu
Und könnten sie auch zögernder enteilen,
Beschleunigen doch alle ihren Lauf,
Und geben gern, nur um bei dir zu weilen,
In deinem, ihren eignen Namen auf.
Denn mit der Prän und Nym vereinten Wellen
Beeilt zu dir zu kommen sich die Sour,
Die deiner Art ist und Natur;
Mit unterwegs dir aufgenomm'nen Quellen
Erfreut sie dich, setzt ihren Stolz darein,
Mit dir vereint, mit dir genannt zu sein,
Und will nun lieber als allein

Und ruhmlos, unter dir dahin die Bahn
Zum Vater ziehn, zum Vater Ocean.

Die reißend schnelle Kyll und ohne Säumen
Die marmorkalte Rouwer springt,
Um dienstbar unter dir dahinzuschäumen;
Die Kyll berühmt durch Fische, die sie bringt,
Durch edle Fische, während jene dort
In raschem Umschwung Mühlensteine drehend
Und Marmor sägend, hört in einem fort
Getös von beiden Ufern. Uebergehend
Die schwache Liser und die seichte Dhron —
Erwähn' ich auch der Salm nicht, denn verschmäht
Ist ihre Flut, mich ruft zu lange schon
Die Saar mit ihrer Schiffe Majestät.
Sie ruft mir zu mit wogendem Getöse
In vollem Wellenkleid und kommt heran,
Daß vor der Kaiserburg sie müd sich löse
In ihre Mündung auf nach langer Bahn.

Und still, doch darum nicht geringer, gleitet
Die Elz durch Fluren, welche üppig blühn
Am Ufer, wo sich fruchtbar Land verbreitet,
Beglückt dahin, und tausend andre glühn,
Je nach dem Ungestüm des Drangs in ihnen,
Beseelt vom Wunsch, die deinigen zu sein;
So mächtig ist ihr Ehrgeiz dir zu dienen,

So stark ist ihr Bemühn, sich dir zu weihn;
Ja wär', o hehre Mosel dir erkoren
Ein Sänger, wie er Smyrna ward verliehn,
Und wie er wurde Mantua geboren;
Du wärst dem Symois wohl vorzuziehn,
Der ruhmreich strömt am ilischen Gestade;
Ja selbst die Tiber hätte dann gelernt
Dir nachzustehn an Ehre. Gnade, Gnade,
Erhab'nes Rom, halt' jeden Neid entfernt!
Und du, du, die zu nennen noch kein Wort
Die Sprache Latiums besitzt, bewahre
O Nemesis den Sitz des Reichs hinfort
Und schirm' die Väter Roms noch lange Jahre!

Heil Mosel dir! Großartig bringst du gleich
Wie Männer auch hervor der Felder Frucht,
An herrlichen Geschlechtern bist du reich,
Es schmückt dich kriegsgeübter Jugend Zucht,
Und eine dem vollkommenen Latcine
Nacheifernde Beredsamkeit; es sann,
Wie Sitte sie und frohen Sinn vereine
Mit Ernst im Antlitz die Natur und dann
Verlieh sie diese Gabe deinen Söhnen.
Catone von der alten Biederkeit
Hat nicht nur Rom, und nicht Athen nur krönen
Der hohe Sinn für Recht, dem sich geweiht
Ein Aristides in der alten Zeit.

Doch halt! wie laß ich mir die Zügel schießen,
Und, weil die Liebe mich zu dir so sehr
Bewältigt, schweif' ich ab und schwäche mehr
Dein Lob anstatt davon zu überfließen!

Verhülle nun, o Muse, meine Laute,
Die Saite bebt, zu Ende geht mein Lied;
Doch einst, ob auch bis dann mein Haupt ergraute,
Einst, wenn sich frei're Muse mir beschied,
Daß ich des Alters Sorge lindern mag,
Und ich mich sonne noch am Greisentag,
Dann wird der Stoff schon selbst mir Ehre bringen;
Der Belgier Thaten werd' ich alle dann
Und ihre heimathlichen Sitten singen,
Ihr Herrlichstes, und jeden wackern Mann.
Mit zartem Stoffe werden dann mir weben
Die Pieriden meinen Festgesang,
Den Einschlag wirkend mit der Fäden Gang
Und unsern Spindeln auch den Purpur geben.
Wer wird mir dann noch unbesungen sein?

Den ruh'gen Landmann und den Rechtsgelehrten
Den mächt'gen Redner, des Beklagten Hort
Und die der Rath als seine höchstgeehrten
Und besten Bürger kennt, soll dann mein Wort,
Und ihren eigenen Senat besingen;
Und alle, die auf einer höhern Bahn

Der Redekunst sich weihen und sich schwingen
Bis zu dem Ruhme des Quintilian,
Und die, die über ihre Städte waltend
Den Richterstuhl und ihre Beile rein
Von Blut bewahrt, sie doch im Ansehn haltend;
Auch die, die als Präfekten das Gedeihn
Der Völker von Italien und der fernen
Britannier schafften, die an Rang allein
Nach dem stehn, welcher das bis zu den Sternen
Erhab'ne Rom, das Volk und den Senat
Zwar nicht dem Namen nach als Erster lenkte,
Doch als den Ersten gleich. Nun endlich naht
Und bietet das Geschick, das sparsam schenkte,
Ihm noch den Ehrensold, der segensvoll
Ein Vorbild edler Enkel werden soll.

Doch vorerst werde dieses Werk vollendet
Und jener Männer Ruhm indeß vertagt,
Sei von der Mosel noch zuvor gesagt!
Die fröhlich sich durch grüne Fluren wendet,
Und weihen lasset uns zum Schluß
Der Flut des Rheins den hochbeglückten Fluß.

Nun schwell', o Rheinstrom, deine blauen Wogen
Und wirf dein grün Krystallgewand um dich;
Gib Raum den Wellen, die dir zugezogen
Und dich vergrößern wollen brüderlich!

Es sind nicht nur die Wellen, die da gehen,
Wodurch des Flusses Werth so hoch erscheint,
Er hat auch den Triumphzug angesehen,
Den Sohn und Vater feierten vereint,
Nachdem der Feind, vom Neckarstrand
Und jüngst bei Lugodunum [19] ward vertrieben
Am Donauquell auch, der als unbekannt
In Roms Annalen gilt, als unbeschrieben.
Die Nachricht von dem nun geschloss'nen Kriege
Begleitete der Lorbeerzweig, und Siege
Auf Siege folgen ihm. Ihr nun entwallt
Vereint dahin mit solcher Kraft und Schnelle,
Daß selbst das Meer mit seiner Purpurwelle
Zurück vor eurer Doppelströmung prallt.
Sorg' nicht, o stolzer Rhein, verkleint zu werden,
Dein Gast kennt keine Nebenbuhlerschaft,
Nimm auf zu deinem ew'gen Ruhm auf Erden
Und sein gewiß, die brüderliche Kraft.
An Wasser reich und reich an Nymphen, gebe
Sein Bett euch beiden Raum und er wie du.
Auf einer und derselben Laufbahn, strebe
Gemeinschaftlich verschiedner Mündung zu.
Verstärkt durch Flüsse, die zu überschreiten
Der Nachbarvölker Drang sich scheuen soll,
Wirst du als ächter Grenzfluß nun entgleiten
Und damit erst ertönt dein Name voll
Und ob aus einem Quell dein Ursprung quoll

So wird man doch von allen andern Flüssen
Dich als den zwiegehörnten preisen müssen.

Ich der ich dem Biviskerstamm [20] entsprossen
Und in der Belgier Landen wohl bekannt
Durch manches Freundschaftsbündniß, dort geschlossen,
Ausonius bin ich genannt,
Mein Vaterland und Wohnort, an den Grenzen
Wo Galliens Völker wohnen, liegt es, dort
Wo hoch der Pyrenäen Gipfel glänzen
Im heitern Aquitanien, wo Wort,
Wo Manneswort noch gilt. Mit kühnem Muth
Auf schwachen Saiten sing' ich dies. Mir ziemt
Ein kleines Opfer an der heil'gen Fluth
Ihr darzubringen. Meines Strebens Glut
Heischt Nachsicht nur und nicht, daß man mich rühmt;
Es sind ja Viele, die mit durst'ger Lippe,
Erhabner Fluß, sich um den Helikon
Bemühn und die den Quell der Aganippe
Erschöpfen bis zum Grund, doch ich, obschon —
Nur Etwas von der Ader in mir quillt;
Wenn einst mich heim nach Bordeaux, zu dem Neste,
Dem sich des Alters letzter Wunsch erfüllt,
Wenn die, die meiner Sorgen erst' und beste,
Die Kaiser mich in Frieden lassen zieh'n
Geschmückt mit jenen Zeichen höchster Macht,
Dem Beil und Bündeln und ich mit den Ehren

Und Würden, den Curulischen bedacht,
Und wenn ich dann vollendet und vollbracht
Die Pflichten, zu erziehen und zu lehren;
Dann, ja dann sing' ich noch in vollern Lauten
Den Ruhm des Nordlandstroms und füg' hinzu
Die Städte, die sein Lauf in voller Ruh'
Vorüberwogt, die Burgen und die Bauten,
Wie sie mit ihren Mauern, altersgrau
Auf dich herunterschauen, einst errichtet
Für Kriegszeit als ein Schutz= und Trutzwehrbau,
Nun aber wird das Korn darin geschichtet,
Und Scheunen sind, was vorher Festung war,
Denn nirgends droht den Belgiern mehr Gefahr.
Und alldem werde noch hinzugefügt,
Wie man auf beiden Ufern schafft und pflügt
Und wie du zwischen beiden hin enteilend
Die Ufer sanft bestreifst, vergnügt,
Den reichen Anbau üppiger Besitze theilend;
Nicht wird der Liger, [21] dich zu überragen
Und nicht die Axona, [22] die reißend schwillt,
Noch Matrona [23] dir vorzutreten wagen,
Die Galliens und der Belgier Gränzfluß gilt.
Auch nicht Carantonus, [24] zurückgestaut
Vom Schwall der Fluth im Lande der Santonen, [25]
Es weicht dir des Duranius [26] Strom, der laut
Herniederstürzt von kalten Bergesthronen.
Den Tarnes [27] mit dem Gold in seinem Schoße

Ihn selbst sogar setzt Gallien dir nach
Und er, der unter wüthendem Getose
Sich Bahn durch mitgerollte Steine brach,
Aturrus [28] der Tarpeller kommt nicht eher
Zur Purpurfluth des Meers herangerollt,
Als bis er nicht der Mosel erst, als höher,
Und ihrer Gottheit den Tribut gezollt.

Mosella, mit den Hörnern, allen Landen
Den fernsten selbst sollst du gepriesen sein,
Nicht nur dem Ort nach, wo dein Quell entstanden
Und wo dein Stierhaupt ragt mit goldnem Schein,
Und wo du durch gewundne Fluren fort
In deinem sanften Lauf dich hinbewegst,
Noch dort allein, wo bei Germaniens Port
Dein Strom sich löst in seine Mündung auf,
Wird eigner Ruhm nur unserer Camöne;
Hält's jemals Wer nur werth der Mühe, Zeit
Zu weihen unsrer Muse, dann ertöne
Dein Ruhm in aller Menschen frohem Mund
Und werde Quellen und belebten Seeen
Und blauen Strömen und den Hainen kund,
Die als der Gaue Stolz seit Alters stehen.
Dann muß die Druna, [29] die Druentia [30] muß,
Die wild dahinbraust in zerrißnen Borden
Und huldigen dir jeder Alpenfluß
Und huldigen muß dir der Rhodanus. [31]

Von dem das Ufer rechts den Namen hat,
Und dessen Ufern eine Stadt
An beiden Seiten ist zu Theil geworden.
Ich rühme dich den blauen Seeen all',
Den Strömen allen, deren Wonne
Dahin zu brausen ist mit lautem Schall,
Dich auch der meerfluthähnlichen Garonne.

—————— ——

Anmerkungen.

' Während in den Stürmen der beginnenden Völkerwanderung das römische Reich überall zusammenbrach, während von allen seinen Grenzen die Legionen, deren kleinster Theil nunmehr aus Römern bestand, zurückgedrängt wurden und über die alten Schutzmauern der Feind aus dem Norden hereindrang, da gerade, scheint es, als habe der Genius der Sprache Latiums seine unbesiegbare Rüstung angelegt — und wie im Vorgefühle, daß allein von den Ruinen der alten Welt Künste und Wissenschaften den Fall überdauern würden — der sterbenden Aera noch einen Dichter geschenkt, der würdig war, auf die Nachwelt zu gelangen.

Wichtig schon dadurch, daß so manche Züge in den auf uns gekommenen Dichtungen jener spätern Zeit das Aufblicken einer neuen Epoche durchschimmern lassen, so weht auch ein eigener wehmüthiger Ton, wie das Ausklingen einer Saite in jenen letzten Blättern der Dichtkunst einer sich abschließenden Cultur.

Decius Magnus Ausonius wurde im Anfang des IV. Jahrhunderts nach Chr. zu Bordeaux geboren, wo sein Vater als Arzt sich niedergelassen hatte. Es wird erzählt, daß sein Großvater von mütterlicher Seite astrologische Kenntnisse besaß und aus den Gestirnen dem Knaben eine ruhmvolle Zukunft prophezeit habe, weßhalb seine Mutter ihm eine äußerst sorgfältige Erziehung angedeihen ließ.

Nachdem er in Toulouse seine Studien unter der Leitung eines Oheims, des Rhetors Aemilius Magnus Arborius, mit größtem Erfolge vollendet hatte, wurde er Lehrer der Beredtsamkeit in seiner Vaterstadt und bald darauf berief ihn der Beherrscher des römischen Reiches,

Valentinian L. an den Hof als Erzieher seines Sohnes, des nachmaligen Kaisers Gratian.

Ausonius begleitete während der Regierung seines Zöglings mehrere hohe Staatswürden. Im Jahre 379 war er Consul. Nach dem Tode Gratians entsagte er jedem öffentlichen Amte und lebte auf seinem Gute bei Bordeaux, ausschließlich seiner Muse, den Wissenschaften und dem Landleben.

Die Entstehung seines berühmten Gedichtes „Mosella" fällt in das Jahr 368 nach Chr., während welcher Zeit Ausonius sich mit dem Kaiser Valentinian, der eben aus einem Kriege gegen die Alemannen zurückgekehrt war, in Trier aufhielt. Wahrscheinlich hatte der Dichter den kaiserlichen Feldherrn auf jenem Kriegszuge am Rhein begleitet und dabei die Eindrücke der Moselgegend und ihrer Umgebung in sich aufgenommen.

Das Gedicht schildert nach einem kurzen Reisebericht die Anmuth der Gegend und des Flusses, geht dann zu einer Beschreibung der in der Mosel vorkommenden Fische über, erzählt die ländlichen Beschäftigungen und Freuden der Anwohner, ihre Spiele und Feste, die Arten des Fischfangs, die Pracht der den Strom umgebenden Villen und geht dann in ein Lob der Mosel und zu einer Aufzählung der sich in sie ergießenden Flüsse über. Zum Schlusse kommt der Dichter auf sich selbst zu sprechen und endigt mit einem nochmaligen Preise der Mosel.

² Das heutige Bingen.

³ Dieses Treffen, auf welches hier Ausonius sich bezieht, wurde im Jahre 71 nach Chr. von den Römern gegen die Treviren unter der Anführung des Tutor gewonnen.

⁴ Dummissum und Tabernä, Stationen der römischen Heerstraße nach Trier, von der ersteren Namen rührt das heutige Deutzen.

⁵ Neumaggen.

⁶ Nämlich Trier, damals Residenzstadt des Kaisers.

⁷ Gaurus, ein Berg in der Nähe des Vesuv.

⁸ Rhodopen, Pampäus und Ismarus, Berge in Thrazien.

⁹ Wo Octavianus Augustus den Antonius besiegte, im Jahre 31 v. Chr.

¹⁰ An der Küste Eiciliens, wo Augustus den Sextus Pompejus in einer Seeschlacht überwand.

¹¹ Glaukus, ein Fischer aus Anthedon in Böotien, wurde durch

das Verkosten von Zauberkräutern, welche den von ihm gefangenen Fischen wieder zum Leben verholfen, angetrieben, sich in die Wellen zu stürzen, worauf er in einen Meergott verwandelt wurde. (S. Ovids Metamorphosen B. 13, 898—968.)

12 Darius.

13 Archimedes.

14 Ein athenienfischer Architekt.

15 Markus Terentius Varrus.

16 Ein Architekt aus Ephesus.

17 Ein Baumeister aus Athen, Erbauer des Parthenon.

18 Erbauer des Palastes der Ptolomäer in Alexandrien.

19 Ladenburg am Neckar.

20 Ein keltischer Volksstamm im aquitanischen Gallien.

21 Die Loire.

22 Aisne.

23 Marne.

24 Charente.

25 Meerbusen von Saintonge.

26 Dordogne.

27 Tarn.

28 Adour.

29 Drome.

30 Durance.

31 Rhone.

www.ingramcontent.com/pod-product-compliance
Lightning Source LLC
Chambersburg PA
CBHW020944030726
47496CB00005B/1351